百年中国

名人演讲

持身以正 持心以纯

黄兴 著

中国文史出版社

写在前面

过去的一百年风起云涌,波澜壮阔;过去的一百年百花齐放,气象万千。百年动荡,百年征程,百年奋斗。在这一百多年里,来自四面八方的声音响彻历史的天空,我们静心梳理,摒除派别与门户之见,甄选有助于后人多方位展望来路的篇章,于是便有了这套"百年中国名人演讲"。

聆听这历史的声音,重温这声音的历史,对于我们认识中华民族一百年来的发展脉络,景仰浩瀚天河中耀眼的先哲星辰,增强继往开来的民族文化自信,都将大有裨益。

演讲者简介

黄兴（1874—1916），汉族，原名轸，改名兴，字克强，一字廑午，号庆午、竞武，湖南省长沙府善化县人。中国近代民主革命家，中华民国的创建者之一，孙中山先生的第一知交。辛亥革命时期，以字克强闻名当时，与孙中山常被时人以"孙黄"并称。1902年被选派赴日本留学。1903年与几百名留日学生集会声讨沙俄侵略罪行，同年回国。1904年2月，华兴会正式成立，被推为会长。后起义事泄，流亡日本。1905年8月，中国同盟会在东京成立，任同盟会行政庶务组长兼任副会长。1907年开始先后发动并指挥了多次起义。1911年4月，同盟会组织发动第三次广州起义，任副总指挥。1912年1月1日，中华民国南京临时政府成立，任陆军总长兼任参谋总长，授大将军官阶。同年8月，同盟会等组织改组为国民党，任理事。1916年10月31日于上海去世。1917年4月15日，受民国元老尊以国葬于湖南长沙岳麓山。著作有《黄克强先生全集》《黄兴集》《黄兴未刊电稿》《黄克强先生书翰墨绩》等。

目 录

在华兴会成立会上的讲话　1
在《民报》创刊周年庆祝大会上的演讲　2
在湖北军政府紧急会议上的讲话　4
在武昌受任民军战时总司令时的讲话　6
在南京黄花岗之役周年纪念会上的演讲　8
在上海各界欢迎会上的演讲　14
在中国同盟会上海支部夏季常会上的演讲（二件）　16
在旅沪湖南同乡会欢迎会上的答谢词　20
在天津国民党支部欢迎会上的演讲　22
在北京报界欢迎会上的演讲　24

27　在蒙藏统一政治改良会欢迎会上的演讲
29　在北京国民党欢迎大会上的演讲
31　在北京女界欢迎会上的演讲
32　在北京湖南同乡会欢迎会上的演讲
34　在北京共和党欢迎会上的演讲
36　在北京湖南女界欢迎会上的演讲
37　在北京社会党欢迎会上的演讲
39　在北京西北协进会欢迎会上的演讲
40　在袁世凯宴会上的答词
41　在北京国民捐会欢迎会上的演讲

在北京民主党欢迎会上的演讲　43
在北京铁道协会欢迎会上的演讲　44
在北京正乐育化会欢迎会上的演讲　45
在旅京善化同乡会欢迎会上的演说　46
在北京叙别会上的演讲　49
在天津日本人士欢迎会上的演讲　50
在国民党南京支部欢迎会上的演讲　52
在国民党鄂支部欢迎会上的演讲　56
在国民党湘支部大会上的演讲　60
在湖南军警界欢迎会上的演说　62

65　在湖南圣公会欢迎会上的演说

67　在湖南政界欢迎会上的演讲

70　在共和党湖南支部欢迎会上的演说

72　在湖南普通全体大会上的演说

75　在旅湘湖北同乡会欢迎会上的演说

77　在湖南学界欢迎会上的演说

80　在湖南农工商界欢迎会上的演说

83　在湖南报界欢迎会上的演说

85　在长沙各机关团体联合欢迎会上的演说

87　在湖南烈士遗族欢迎会上的演说

在周南女校欢迎会上的演说 *89*

在明德学校欢迎会上的演说 *91*

在湖南商务总会欢迎会上的演说 *93*

在湖南光复同志会欢迎会上的演说 *96*

在湘潭普通全体欢迎会上的讲话 *98*

在湘潭国民党支部欢迎会上的演说 *99*

在醴陵各界欢迎会上的演说 *102*

在醴陵国民党支部欢迎会上的演说 *103*

在安源煤矿公司及各团体欢迎会上的演说 *106*

在萍乡各界欢迎会上的演说 *110*

112　在国民党上海交通部欢迎会上的演说

113　在美洲中国国民党支部召开"二次革命"纪念大会上的演讲

121　在旧金山民国公会宴会上的演讲

131　在屋仑华侨欢迎会上的演讲

137　在驻沪国会议员欢迎会上的答谢词

139　在欢送驻沪国会议员北上大会上的演讲

142　在广东省驻沪国会议员茶话会上的演讲

144　在上海报界茶话会上的演讲

　　附　录

146　与李贻燕等的谈话

和俄国外交官的谈话摘要（一）　*148*

和俄国外交官的谈话摘要（二）　*150*

和余焕东的谈话　*152*

在檀香山与美国新闻记者谈话　*153*

与美国《旧金山年报》记者谈话（节录）　*155*

与梅培的谈话　*156*

答上海《民国日报》记者问　*158*

追悼徐锡麟烈士词　*160*

陆军部总长正名布告　*162*

致黎元洪及各省都督等电　*164*

- 165 与孙中山等发起江皖烈士追悼会通启
- 166 致各省都督等电
- 169 委任长江水师总司令通告
- 171 南京留守公启
- 172 致袁世凯等电
- 175 致袁世凯及国务院等电
- 177 致袁世凯等电
- 179 致袁世凯等电
- 181 致各都督电
- 183 复上海昌明礼教社书

致袁世凯及国务院等电 **185**

致袁世凯及国务院等电 **186**

致袁世凯及国务院等电 **189**

致各省都督书 **192**

致袁世凯等电 **194**

致袁世凯等电 **198**

解职通电 **207**

布告各界文 **209**

布告将士文 **211**

《铁道杂志》序 **213**

214 致北京国民党本部书
216 《国民》月刊出世词
219 祭宋教仁文
221 与程德全等讨袁电
222 讨袁通电
224 江苏讨袁军总司令誓师词
226 与程德全发布告示
227 致各友邦通电
229 辨奸论
238 致全国各界讨袁通电

在华兴会成立会上的讲话

1903 年 11 月

本会皆实行革命之同志，自当讨论发难之地点与方法以何为适宜？一种为倾覆北京首都，建瓴以临海内，有如法国大革命发难于巴黎，英国大革命发难于伦敦。然英、法为市民革命，而非国民革命。市民生殖于本市，身受专制痛苦，奋臂可以集事，故能扼其吭而拊其背。若吾辈革命，既不能借北京偷安无识之市民得以扑灭虏廷，又非可与异族之禁卫军同谋合作，则是吾人发难，只宜采取雄踞一省，与各省纷起之法。今就湘省而论，军学界革命思想日见发达，市民亦潜濡默化，且同一排满宗旨之洪会党人久已蔓延固结，唯相顾而莫敢先发。正如炸药既实，待吾辈引火线而后燃，使能联络一体，审势度时，或由会党发难，或由军学界发难，互为声援，不难取湘省为根据地。然使湘省首义，他省无起而应之者，则是以一隅敌天下，仍难直捣幽燕，驱除鞑虏。故望诸同志对于本省、外省各界与有机缘者分途运动，俟有成效，再议发难与应援之策。

在《民报》创刊周年庆祝大会上的演讲

1906 年 12 月 2 日

今天，孙先生所说的，是革命的宗旨及其条理；章先生所说的，是革命实行时代的政策；各位来宾所说的，是激发我们革命的感情。大抵诸君听见，没有不表同情的。但是兄弟所望于诸君的，却还要再进一步。"表同情"三个字，不过是旁观的说话。凡是革命的事业，世界人人都表同情的。唯有自己的国民却不是要他表同情，是要他负这革命的责任。（拍掌大喝彩）诸君现在都是学生，就拿学生的责任来说。一千八百十七年的时候，奥国宰相梅特涅利用俄皇的势力结神圣同盟会，压制革命党，得普王的赞成，到了 10 月，开宗教革命三百年祭同利俾塞战胜纪念祭，耶路大学学生齐去市外运动各州响应，革命党从此大盛。这样说来，欧洲大革命的事业是学生担任去做的。（拍掌大喝彩）日本的革命，人人都推西南一役。那西乡隆盛所倡率的义师，就是鹿儿岛私立学校的学生。这样说来，日本革命的事业也是学生担任去做的。(拍掌大喝彩)诸君莫要说今日做学生的时候,是专预备建设的功夫,须得要尽那革命的责任。(拍掌大喝彩)今天这会,就是我们大家拿着赤心相见,誓要尽这做学生的本分的。(拍掌大喝彩)

在湖北军政府紧急会议上的讲话

1911 年 11 月 2 日

一、兄弟前日来鄂,即往汉口督队,意欲反攻,恢复汉口,不料各队新兵最多,秩序不整,颇难指挥。

二、军官程度太低,均不上前指挥。至战时因与兵士穿一样服装,辨别不清,亦极复杂。

三、各队战斗日久,伤亡过多,官与兵均已疲劳太甚,毫无勇气,且一闻机关枪声即往后退。

四、兵士中在武汉附近所招者甚多,一到夜间,即潜回其家,以致战斗员减少。各军官因仓促招募,亦无从查实。

五、民军军火全在步枪,无机关枪,一与敌接近,即较敌人损伤较重;民军炮队又系山炮,子弹射出,又不开花,且射出距离太近,不及满军管退炮效力之远。

六、查满军俱系北洋久经训练之兵,秩序可观,亦善射击;唯冲锋时不及民军灵敏。故每闻民军冲锋喝杀声,即往后退，此民气之盛，可恃者仅此耳。

由此以观，汉口若无湘军来援，恐难保守。依兄弟之意，俟湘军到后，再图恢复可也。

在武昌受任民军战时总司令时的讲话

1911 年 11 月 3 日

兄弟才识本不胜任,既承不弃,亦不能不尽力。现今各省响应,大功已将告成,然我同胞亦不可以此自满。兄弟今日有三层意思勖我同胞:第一须努力。现在黄河铁桥已毁,敌兵已无归路,誓不能不拼死命以与我对敌。我若稍存畏缩,敌即攻入我腹心矣。临战时倘不努力,后退者决意斩首示众。(众拍手)第二须服从。军队纪律,非服从不可。倘不服从,长官命令皆不能行,此种兵士万不能以之临战。以后,军界同胞须服从长官命令,无论如何危险,皆不得规避。(众拍手)第三须协同。自来成大事定大业者,必自己能同心协力。若自己各存意见,互相柄凿,无论有何种势力,皆不能成事。洪杨之败,其前车之鉴也。我同胞无论办事人及兵士,皆宜互相友爱,以期共达其目的。(众拍手)

此次革命，是光复汉族，建立共和政府。斯时清廷仍未觉悟，派兵来鄂与民军为敌，我辈宜先驱逐在汉口之清军，然后进攻，收复北京，以完成革命之志。今日既承黎都督与诸同志举兄弟为战时总司令，为国尽瘁，亦属义不容辞。但是军人打仗，第一要服从命令，第二要同心协力。自今而后，对于作战，倘有不服从命令及临阵怯敌者，即以军法从事。尚望大众努力前途为要！

在南京黄花岗之役周年纪念会上的演讲

1912年5月15日

今日为黄花岗诸烈士在广州死义之纪念日。是役也,去年海上各报均有记载,但语焉不详。兴请为诸君一详言之。

近十年来,堂堂正正可称为革命军者,首推庚子惠州之役,次大通之役,此后一二年间,寂寂无闻。后孙中山先生由美归,而广东,而日本。乙巳年组织同盟会,苦心经营,旋有萍醴之役、钦廉之役、镇南关之役,旋有河口之役。河口一役,感动军界,以致复有安庆之役,前年正月有广东新军之役。此役败后,海外各同志更加愤激,即各军队中之同志亦非常充足,无间于南北。众论多欲利用此时机,克日起义,可收全功。是时孙中山先生由美至日本,转而抵南洋,与各同志集议。此时赴议者,东南各省多有代表,会议之地点在南洋槟榔屿。兴与赵伯先、胡汉民两先生日日商议,当时所缺者,唯饷械二项。幸南洋各志士担任筹款者极形踊跃，得十余万元，乃议决由孙中山先生赴美，购美军械，赵君与兴来内地运动。本拟去年正月即当起义于广东，后因种种事件均未办理完善，故迟迟未发。地点议定广东省，因运有机关枪四十五支在彼，又广西军队中诸同志有为之援应。至于内地之布置，长江一带，谭人凤先生任之。谭先生身体多病，此时亦冒险力疾至鄂。其时，鄂有居正、孙武及系狱之胡瑛诸先生暗中筹划；湘省则有焦达峰先生力谋进行，异常敏速；上海则今都督陈其美先生极力运动。当时交通部公举赵伯先先生主持，盖赵与兴皆驻在香港者也。而又议定：赵由闽出江西，兴出湖南，谭人凤出江西。此时北军亦有暗为援助者，东京同志则归国援助者极多。但吾辈此时起义，不能多得军械，只得购备手枪，及同志中所制炸弹。种种困难，故又行延期。然节节进行，未尝稍懈。姚雨平先生则任运动广东新军，及巡防营暨各会党，各会党亦非常服从。现海军司令胡毅生先生亦力为运动。至军事上之计划，兴与赵伯先先生任之。议定以千余人为先锋，赵率百余人，今第七师长洪承点及兴亦各率数十人。陈炯明君守备城西旗界，因旗界内有训练之兵数千人，而旗民之备有枪械者亦五六千，故不得不力谋防御。但此时又有极端之困难，则因起义之举，早为清粤督张鸣岐所侦悉，城中增设军队，防备极严。虽议决3月28日发动，而军械尚未运进。此时又设统筹处，兴自任之，赵伯先先生为总指挥。事后外间传言兴为总指挥，误也。二十五晚，兴入广州城至机关部，宣告发动期。然此时又发生一极困难问题，则承运枪械之人有陈镜波者，系李准令其投身我党为侦探也，彼已将由头发船内运进之枪百余杆、子弹若干报知李准。幸我辈起事之期及另行运进枪械子弹，为渠所不知，故不疑我等即日起事。盖我等另运之枪弹，系装入油漆桶内运进者，亦有由同志诸人随身携带者。26日满吏防备更严，张调巡防营数营入城，驻观音山。广州城内之观音山，犹南京城中之北极阁，居高临下，极占形势，故张派兵驻此以扼我军。此日有倡议改期者，然种种机关已备，势难再延，故兄弟及少数同志坚持不可，谓改期无异解散，将来前功尽弃，殊为可惜。是晚，又议赵所率二部分多外乡人，易为满吏侦知，不如暂退驻香港。27日姚雨平先生来城，然枪仍未到，赵部下已退驻香港。28日，张又调巡防营入城，然营中多有同志，故此时多数人又决议进行，冀有该营为之援助。而该营中同志，亦多半赞成发动迅速者。下午三时半，遂电赵部下，要其来城。当赵部退香港时，方疑我辈另有意见，故彼等甚愤激，此次得电，皆极欣然，来者颇多。是夜商议次日进行方法：兄弟任由小东营出攻督署，陈炯明诸人承认抵御警察局，姚任收复小北门枪炮局，时间则定午后五时半。29日上午分发枪械与各处，然是晨城门已闭，赵君率所部自港来时已不能入城。而兴遂任指挥，部下共数十人，部署一切。至下午五时二十五分，手续尚未完毕，迟二十五分钟，始率由小东营出发。先十分钟，陈炯明君派人来问，今日究竟发动与否，然来者见我等皆携弹荷枪，遂不言而去。事后始知陈因畏事之棘手，欲不发动，故派人来陈说一切。然来者并未明言，故我等并不知其不来援应,仍孤军冒险前进。

出军时,全队行走迅速,至督署门首,有卫兵数十人驻守。林时塽先生率二三人前进,用炸弹猛击,死卫兵数人,余皆逃入卫兵室内,匿不敢出,然我军此时亦死三四人。卫兵既退,兴率十余人由侧门入署,余大部分,四川喻培伦先生率之,驻门外防御。兴入署至大堂,有卫兵数人见我军至,即招手谓张在花厅,我等遂入花厅各处搜张,不获。且室内一无陈设,似久已迁移者。我军觅得床板木料等物,放火后遂出。复有卫兵一排,在大堂下用枪向我军猛击,兴立大堂柱旁,双手各持手枪还击,毙卫兵数人,余皆鼠窜,我军乃得出署。至门外见喻及所率之部皆已不在,盖当兴入署后,喻已率队往攻督练公所矣。我军行至东辕门外,时有李准之卫队与我军相遇,隔仅五十米突,卫队遂即跪击,我军林时塽君时在前列,刚欲用弹还击,而头部已中枪弹,遂倒街中。兴手指及足亦受弹伤,乃率残部十余人转行,欲往助喻君攻督练公所。至双门底,又遇巡防营一大队,距我军丈余,福建人方声洞先生猛击之,中其哨官巡兵数人,然彼见我军人少,乃向前直扑。尔时硝烟漫空,弹如雨注,方君遂中弹而仆,存者仅数人矣。兴乃避至一民房中,由板壁内放枪,毙其前进者数十人,相距约十分钟,巡防营退去。我军复行,途遇喻君,喻以为欲攻督练公所,必先攻观音山所驻之巡兵,乃身先部下,携弹直上,至山半与巡兵激战,但部下之人多无经验,不善掷放炸弹,又见彼军势盛,遂一面竭力抵御,一面徐徐退却。巷战至十二时,我军见彼巡防营愈增,乃退至一米店，用米袋筑墙以守，各挟利枪，一发数中。遂以十余人力御巡防营四百余人，毙敌近百数。巡防营畏势不敢复来，始放火烧店而去。

此役之失败，至是完毕。统计百二十人中，存者无多。而所亡者皆吾党之精华。推原其故，均由兴一人之罪。盖兴当日若不坚持迅发，则陈、姚不得愆期，又何致以孤军无援，陷入重地，死我英俊如此之多。然自此役后，同志中不以挫折灰其壮气，图谋再举，弥增激励。现上海都督陈其美先生亦来香港，谓广东虽失败，内地尚可进行。而兴一人之意见，则痛此役之失败、同志之惨亡，决意欲行个人主义，狙击张、李二凶，以报同志。而谭人凤先生及海外诸友，每邮电力阻。又以粤省防御甚严，猝难下手，乃淹留香港，日伺机会。

6月间，陈其美、谭人凤两先生在鄂运动，幸有端倪，派人至上海催促进行，并嘱兴筹措饷项，兴乃电致南洋、美洲各同胞，幸各地乐于捐输。至8月湖北起义二周后，各同志电兴速来鄂襄助，兴遂由港来汉。自兴离港后，狙击之事，各同志转意于凤山，卒达目的。且此举并为光复广州之导线，盖自凤山被炸后，全粤满吏皆极恐慌，李准竟令其弟来香港与诸同志联络，而广州乃兵不血刃，九星之帜已高悬于五羊城矣。是鄂省8月之起义，由广州之原动力，而广州9月之光复，又我七十二烈士之死义激而成之也。七十二烈士虽死，其价值亦无量矣。且烈士之死义，其主义更有足钦者，则以纯粹的义务心，牺牲生命，而无一毫的权利思想存于胸中。其中如林觉民先生，科学程度极其高深,当未发动之先,即寄绝命书与其夫人,又告同人云:"吾辈此举,事必败,身必死,然吾辈死事之日,距光复期必不远矣。"其眼光之远大,就义之从容,有如此者!又喻君培伦最高于爱国思想,前在天津与汪精卫、黄复生诸人苦心经营,谋炸载沣,后因事机失败,炸弹为警兵搜去,不遂所志。来港后,日夜与李君荫生复制炸弹,不稍休息。此役所用之炸弹,多出其手制者。至方声洞,以如花之年,勇于赴战,当其与巡防营巷战时,身中数弹,犹以手枪毙多人。他如窦鸿书①、李君荣诸君,虽系工人,然皆抛弃数百元之月俸,从事于革命事业,捐躯殉国,尤足钦佩。总之,此次死义诸烈士,皆吾党之翘楚,民国之栋梁。其品格之高尚,行谊之磊落,爱国之血诚,殉难之慷慨,兴亦不克言其万一。他日革命战史告成,必能表彰诸先烈之志事。今届周年大纪念,兴与诸君同负后死之责,当共鉴诸烈士之苦衷,竭尽心力,以图民国之进步,庶无负于死者。并愿年年此日,永永举行纪念,追思既往,劝励方来,谅亦诸君所表同情者。

---

① 窦鸿书,即杜风书。

在上海各界欢迎会上的演讲[①]

1912年6月23日

鄙人自被推任南京留守以来，无日不以民国为忧。今日虽已推倒满清政府，而障碍之物尚多，且现在各国尚未正式承认我民国。目下最要问题，即是财政与内阁两问题。政府既拟借外债，不顾后患。但是稍有知识者无不知外债之可畏，且外国资本团即欲因此监督我财政。我国民欲图挽救之策，必先从事于国民捐。鄙人在南京时曾首先提倡，想我热心爱国之士，亦必乐为赞助。（鼓掌如雷）且南方之人热心为国者居多，我知必无人敢公然破坏此局，即有知识之北方人，亦皆赞同斯举。我人民各慷慨解囊，免致贻人口实，民国有益，亦人民福也。至内阁问题，为目下最

[①] 1912年6月14日黄兴交卸南京留守职务后赴沪，22日孙中山自广州抵上海。上海各界于23日下午在张园安垲第举行欢迎孙、黄大会，孙中山因事未到，请黄兴代表。本文即黄兴在欢迎会上的演说词。

重要者。唐氏此行虽未得究其真相，而要为他党所倾轧，故惘惘然去位无疑也。革命流血，推倒满廷，我虽不敢自夸为大功，而亦可以告无罪于天下。组织内阁，当政见洽和者方可福国家。今日之现象观之，非政见相争，实以党名相争，前途非常危险。而今后之内阁若不速为解决，我知非驴非马将继续出现。民国之危，甚于累卵。故当此未解决时，诸君当如何研究其故而图救。

在中国同盟会上海支部夏季常会上的演讲（二件）

1912年6月30日

一

本会本有特别之党纲，更当有宏大之党德。所谓特别之党纲者，即孙中山先生夙所主持之民生主义。虽此主义在他党人多未认为必要，或且视为危险，实则世界大势所趋，社会革命终不可免。而本会所主张之社会主义，又极为平和易行。盖十年前本会初成立时，即标明四大主义，其一为平均地权，乃本会与他党特异之点。其详细办法，中山先生于南京、武昌两处均有演说，凡我同志，均当知此主义之必要，力谋进行。现在欧美各国，其政党均略分两种，一为国权党，一为民权党。国权党主增重政府权力，民权党主扩张个人之自由。本会既抱持社会主义，自为民权党无疑。至政党道德，吾人尤宜以宏大之心理对待他党。现在共和党竭力诬蔑本会，如谓孙中山先生得比款一百万，又谓唐总理尽将比款送人，又谓同盟会得比款三十五万，其实皆是捏造。天下事，是非曲直，终有大明之一日，吾人尽可以大度处之，切勿与他党谩骂。况比款事，中山先生已电请财政部宣布，不久即可水落石出乎！至国务总理，已推定陆子兴，吾人亦绝不反对，且当竭力维持之。唯既与本会主张之政党内阁不同，自可确守文明国在野党之态度，实行监督。故所谓党德者，即以宏大之心理对异党，断不可尤而效之，捏造谩骂也。

本会亟应举办之事凡三：一、设立政法学校，造就建设人才，因现在为当力谋建设时代；二、扩张言论机关，因本会虽不计较他党机关报之谩骂，却不可不普及政见于国民；三、兴办调查事业，以洞悉国情，使本党所主张，不为纸上空谈。唯此三事，皆非经济不可。现有基本金仅徐固卿君捐万元，及他项捐款两万元，而办学校等事需款正多，望诸同志协力筹议。

二

中华民国成立已半年，而一切未能就绪，其原因在于政党未能确立。今日内阁风潮，实非好现象。如何办法，实政党一大问题。前次本会专致力于破坏事业，后革命成功，于南京大会始决议改为政党。夫政党者，以政为党，非以党为政也。本党成立与他党异。中山先生倡三大主义，其特注重者则平均地权一语。本党对于社会亦甚出力，全体一致，此乃本党之特色，可以谓之党风。本党性质与民权党无别。凡此特色，本党须发挥出来。民生主义，孙先生曾屡次演说，唯外间尚未明晰。以世界大势观之，社会革命岌岌不可终日，吾人此次革命，即根据社会革命而来。民生主义繁博广大，而要之则平均地权。反而言之，即是土地国有。土地是不能增加的，而生齿日繁，土地私有则难于供给。他人见吾党持社会主义，群相惊讶，不知吾人于建国之初，不先固根基则难以立国。故吾党员极宜注意此点，宏其党风。而欲宏党风，须有包含一切之宏量。他党之攻吾也，虽含种种疾忌而不好之点，吾人亦当引以为戒，认彼反对者为好友，不必反报，含养大度，培植党德，成一个最大政党，于攻击风潮中特立不移，以一特别党风造成一种党德。故吾党从前纯带一种破坏性质，以后当纯带一种建设性质。欲言建设，当得人才；欲得人才，当兴教育。故本党能从教育一方面着手是绝好方法，先在上海立一宏大学校，教育本会会员，养成法政人才，然后各地再依次增设，渐渐忍耐进行，则本党人才自裕。至现在言论机关，与我为不正之反对者可不理会。唯本党自当多设言论机关，发挥本党政见。二者之外，其最要者为设调查专部。如不加调查，则一切事情不得明了，而万物纷如乱丝。调查部之性质，是国家大事均归调查，而各地分部可任调查之责。然欲调查之完美，必先养成调查之人才。故本党宜集中学以上意志坚卓之人才，换以简单之学科，使分赴各地而得其真相，然后本党对此确切之布告，则始不致谬误。今日政治中心虽在北京，而实在长江流域。故本机关部之责甚重,即可于上海办起。所得各地报告,然后报告本部,而复合本党政治上人才,研究本会政见,确定进行,布告各支部,使外间知本党政见之所在,或选善于口辩之人,分赴各地演说本党政见。然而此种种措施,须有绝强之财力。今本党基金尚无确数,故本党一切应行之事,尚未能着手。……

在旅沪湖南同乡会欢迎会上的答谢词①

1912 年 7 月 30 日

今日辱承同乡诸君子雅意欢迎,实深惶愧,奖饰逾量,尤非所敢当。兴奔走海外,与吾父老兄弟别者盖十年,诚深痛夫清改不纲,外见侮于列强,日蹙百里,内恣行其专制,政以贿成。驯至国势阽危,有如累卵,中智之士,靡不审其崩离。而当道豺狼,处堂燕雀,仍相与酣嬉而不悟。兴窃不自量,欲尽匹夫有责之义,力谋恢复旧物,以除民贼,冲冒凶锋,屡濒于危。今幸共和成立,犹得与吾故乡父老兄弟相见于江海之间,赖诸同志之血诚,诸名流之响应所致,其为欣幸,何可言喻!唯民国肇造伊始,政治前途尚无涯涘,正资海内贤达竭力扶持,以期巩固基础。而近士夫多误于党见,急争权利,以致同室感情容有未洽,全国要政难期进

---

① 1912 年 7 月 30 日旅沪湖南同乡会假斜桥会馆开会欢迎黄兴,并议设湖南公学,公推黄兴任建校筹备会总理。本文即黄兴在会议上的答谢词。

行。益以强邻窥伺，边事日危，大局愈形岌岌，此则兴所日夜彷徨，痛心疾首，而不能不以一腔热血洒于吾父老兄弟之前者也。盖国家者积人而成，人人有应尽之责，各视其能力以为担负，非可强任，亦非可放弃。兴以为吾国人今后当各存责任心，有责任心，则纯以国家为前提，而私见自泯。且所谓责任者，其途甚宽。除政治方面外，尤以实业为发展国力之母，可共同为之，而无诈无虞者也。昔德意志之初兴也，其国内讧不绝，人民以农业为本位，素无进取之气，与吾国人相伯仲，乃未及三四十年，竟压倒欧洲大陆之竞争国，使握世界商业霸权之英吉利亦生恐惧。去年美国总领事佛兰克美桑氏，曾推论德意志所以占产业国民之首位者，因有受教育学训练至绵密周到之商人，年年征集大学及工艺学校之卒业生，如熟练化学者、冶金学者、意匠设计者、染色技师、机械技师及纺绩技师成一大军队，以为彼等之后援，而从事于外国商业之故。其言可深长思也。然则吾国人苟能各视其能力，发奋经营实业，父老兄弟互相劝勉，则国家之繁荣，亦实可计日而待。兴今虽退职，偶有见于福国利民之处，不敢缄默，幸诸君子有以见教，即兴之所以望诸君子者在此，所以谢诸君子者亦在此。

中华民国元年7月30日黄兴谨答

在天津国民党支部
欢迎会上的演讲

1912年9月10日

今日诸君开会欢迎兄弟,实为感谢。但张先生所谓英雄①,兄弟实不敢当。兄弟不过从前同盟会、现在国民党一分子。此次革命,因全国人民厌恶专制国体,改造共和国体,兄弟从前稍为奔走,亦属分所应为。至此次革命,系全国四百兆人之发于良心,应于时势,故能收此全功。但改革以后,建设甚难。现在全国秩序尚未恢复,吾人亦不能负全国人民之希望,最为惭愧。兄弟对于现在进行,以化除党见、统一精神为第一要义。谚有云:南北一家,兄弟一堂。虽二十二行省,虽蒙古、西藏,通是兄弟一堂也。此时虽在

---

① 张先生指张继,他在会上致欢迎词说:"欢迎英雄,崇拜英雄,因对于时代有伟大之事业,必有伟大之国民,伟大之国民不能不崇拜伟大之人物。前日欢迎孙先生,今日欢迎黄先生及陈先生(指陈英士),即是欢迎其理想,崇拜其理想也。"

理想时代，将来必见之实行耳。至垦殖协会，兄弟以为改革以后，此为第一件事。中国国家自有历史以来，天然为地球上一最大农国。兄弟进大沽口，亲见各处荒地甚多，如能讲求农业，必能发达一地方之地力。此不过一最小比例，其余如二十二省、蒙古、西藏可垦殖之地甚多。兄弟前在南方因事情甚多，未能切实进行，至为惭愧，将来愿与诸君日日讨论之。

在北京报界欢迎会上的演讲[①]

1912年9月14日

兄弟到京承诸君优待，甚感。鄙意此次改革政体，虽由五大族行动一致，实赖报界鼓吹之力。雷君[②]所云，第一级各报界鼓吹不能成为第二级之国民，此语良然。试想武汉起义，固是军界之力，然非报界之鼓吹不能成。彼时各省报同一鼓吹，故军人始发生起义，推源索本，仍为报力。兴本学校教员，因阅报始输入革命思想，故对于报界鼓吹效果，敢代五族感谢。现在之共和国，如太阳行于海，光明未定。此后凡我在党者，同负责任。况报界本为监督政府，指导人民。政府现在如初生小孩，智识似有非有，保其良知，端赖保姆，报界如孩提之保姆，不可不指导之。如饮食，如行

[①] 1912年9月14日下午北京报界公会假德昌饭店欢宴黄兴，到会八十余人。本文系黄兴在宴会上的演讲词。

[②] 雷君，指雷光宇，字道亨，湖南人。他在会上讲述报界与革命的关系，所谓第一级、第二级的提法，是雷光宇讲话中的语句。

事，皆依赖其指导。现在报界对于政府负指导之责，人民程度不齐，民智不开，革命以后，民气大涨，应各维持指导，则赖报界。现在报界对于政府固负极力监督指摘，但须忍此一时。现在国家处此危急时际，诸君须牺牲意见，共维大局。

蒙古问题，多主剿者。兴意：蒙古亦我领土，国内交涉，似可不必战争，须极联络，使其内向。共和成立，此五族共和，南北现已统一，而尚有以为仍未实行统一者，并非南北不愿统一实现，在政府无一定政策，南方各省无从遵守，故似未统一。若中央将此策拟定，则南北行政自然统一矣。即现在政府，对内对外问题，因无一定政策，诸事似甚敷衍。不知现在为临时政府，本为将来正式政府之预备，故诸事皆甚简略办理。

至于反对借款一层，更可不必。借款固重人民负担，此后非借款不可。此时借款，虽抵押失利甚巨，若往后则易见其重利息，倍蓰有逾于今，何此时即借乎？望此后牺牲党见，勿极力攻击借款。其在南京政府时，非兄弟反对借款，实因条件有害于人民。现在用盐务抵押，借款六万万元，定五十年归还，吃亏甚大。又仿海关办法，又吃亏尤甚，我人民本应当反对，然此虽是吃亏已大，将来必有甚于此者，故又不得不勉强允许。试思革命以前，用款是否出在人民，革命以后，借款亦出在人民，与其间接负担，不若直接为快。故我人民现在对于借款，仅可监督，不必反对。……中央规定政费始可统一，南北如财政统一、军队统一。即就军队统一言，现在咸言裁撤军队，皆不易办到，非先将各应定经费若干规定，使各省一律实行，次按照该省财政而行，虽不令其裁撤，将自行遣散矣。

在蒙藏统一政治改良会
欢迎会上的演讲

1912 年 9 月 15 日

此次共和告成,自武昌起义,未及百日,即已南北统一,是五大民族同心合力构造而成。就此点看来,我五族是最亲爱的。第因久受专制,使蒙、藏诸同胞情势隔绝。今专制推翻,从此亲爱之情可以联络,兄弟固无不竭智尽力为同胞奔走。但蒙、藏政治,其如何改良进步,此中艰苦曲折,即为贵会讨论酝酿而成,是即贵会之精神也。库伦独立,考其原因,实以久受专制之毒,加以语言、文字不通,以至于中国情势不能明了。欲改良政治,宜从情意上着手,于蒙古地方设汉文学堂,于中国地方设蒙、藏学堂。并宜以浅近文字,发行日报或杂志,请蒙、藏最有势力之人传播于蒙、藏地方,输入共和精神,使外交上减少无穷困难。英、俄两国日思利用蒙、藏,若蒙、藏为所利用,将来亦不许其独立,必贻后悔。不观之朝鲜乎?朝鲜本我属国,因受俄人运动,宣告独立后,以日俄战争之结果,朝鲜入于日本,以至于亡。我蒙、藏同胞万不可受其运动也。现在五族一家,必思联合进行,使我五族同立于五色旗下,造成世界第一等国资格。此兄弟所望于蒙、藏同胞者。兄弟尤愿蒙、藏同胞注重宗教,蒙、藏喇嘛势力最大,愿我同胞以其固有之宗教,发挥而光大之,则团结之力更为稳固,而宗教上之冲突永不发生。

据上海《民立报》1912年9月21日

在北京国民党欢迎大会上的演讲①

1912 年 9 月 15 日

鄙人前在上海接电,知五党合并为一大政党,极非常盼望。今日能与各党员相见,欢慰之情,欲言不尽。鄙人对于国民党未尽丝毫之力,蒙诸君推为理事,且感且惭。唯以民国成立之要素,端赖政党。然政党之组织,则当因乎时势。中国今日虽已成立,而各国尚未正式承认,即不能算完全成立。夫国家既未完全成立,则国民党亦不得为完全成立。处今日危险时代,内忧外患相逼而来,政党之责任尤为重大。凡我党员,对于民国前途,应改革者,当如何改革?当恢复者,应如何恢复?方不失为政党。日本维新不过三十年,今为世界头等国,声势震于环球者,即本于政党之力。其初,政党亦是流派分歧,以后逐渐合并,故有今日之势力。我辈今对于民国,亦当合无数小党以成为一大政党。政党之政

---

① 本文是 1912 年 9 月 15 日下午作者在北京国民党本部于湖广会馆举行的欢迎孙中山、贡桑诺尔布、陈其美等人的集会上的演说。

策，尤须规其大者远者。如日本政党政策之所定，有在百年以后者，卒能进行者，确乎政党所定之政策不错也。其政党维新何？即所谓政友会是也。中华民国今日尚未完全成立，尤当有极大之政党以维持之。国民党于此时能大加扩张，成立一极大政党，使国家日趋于巩固，是则鄙人之所最希望者也。唯有此希望，则有当注意者二事。第一，重道德心。一党有一党之道德，道德不完，则希望即不能达。权利心重，义务心即消亡于不觉。我辈今日当提倡人人除权利心，以国家为前提。党德既高，则希望可达。然党德者，又不仅本党应有之，无论何党亦当保而有之也。第二，重责任心。此后民国建设，手续甚繁，凡我党员，均应共负责任，照党纲所定次序办法，人人尽力之所能为，以巩固中国，即以巩固政党，乃不失政党之本义。因以成立之大政党，对于内政，复极力研究，以求平靖。对于国际，极力辑睦，以求平和。人人均以此责任为天职，而又保守道德，则破坏与大建设之目的以达，能享真正共和之幸福。此非独本党一党之幸，实中华民国之幸，亦实世界各国之幸。鄙人所抱持之主义如是，诸君深明之。若能对于他党极力贡献斯旨，使各党同遵一轨，是尤鄙人所希望者。

在北京女界欢迎会上的演讲

1912 年 9 月 15 日

今天承女界同胞欢待兄弟，兄弟不胜愧谢。又因他会耽搁时间，尤为惶悚。此次共和成立，并非武力造成，亦并非男子造成，即女界同胞，亦有一部分尽心力于革命事业者。兄弟亲临战阵，眼见女同胞躬执干戈，恢复祖国。是女子虽受专制之毒，却能与男子一德一心，演出此一段光荣历史。兄弟对于女界同胞有绝大希望。盖世界进化，人类平等。现在欧美女子教育非常发达，唯中国甚不发达，就是专制压住了。当此时机，最为一绝好机会。中国人数四百兆，女界占两百兆，先要达到教育平等目的，然后可达政治平等目的。即女子参政，兄弟以为不久就要成了。现在欧洲女子，不仅为本党运动，并为世界女子运动。中国不能不应世界潮流，予女子以参政之权。故女子参政，兄弟以为不成问题。且兄弟对于女子教育，于未革命前即抱此宗旨。我女界同胞其注意焉。

在北京湖南同乡会欢迎会上的演讲

1912 年 9 月 16 日

兄弟今日承同乡诸君欢迎，实不敢当。兄弟久想北来，与同乡诸君握手言欢，每恨无此机会。流居海外，与桑梓断绝，而眷怀故国，触目惊心。二十世纪之中国，大有不能生存于世界的样子。故兄弟力倡革命，扫除专制，改建共和。此非一人私见，实全世界之公理。中国革命湖南最先：戊戌之役有谭嗣同，庚子之役有唐才常，其后有马福益、禹之谟诸君子。萍醴之役、广州之役，我湖南死事者，不知凡几。又如陈天华、杨笃生、姚鸿业诸君子，忧时愤世，蹈海而死，所死之情形虽异，所死之目的则无不同。兄弟继诸先烈后奔走革命，心实无他，破坏黑暗专制，跻我五族同胞于平等之地位而已。武昌起义，五族同胞同心努力，始克达此共和目的，兄弟实无寸助。今日朱先生①赞美兄弟，兄弟惭愧极矣。

---

① 朱先生，即朱德裳，字师晦，湖南湘潭人。当日他在会上致欢迎词。

但有为诸同乡告者：民国成立，破坏已终，当谋建设。但建设之事甚多，我同乡之士，本爱湖南之热忱，为国家谋幸福，则非独湖南之幸，亦中国之幸。唯建设之事，就湖南而论，当分为二层：一、我湖南对于中国之地位；二、我湖南对于世界之地位。我湖南在中国人物极多，故湖南在中国可立于优胜地位，即我湖南立于世界之上，亦可以占优胜地位。因湖南人性多具特色也，湖南物产多具特种也。更由此二层而言办法，则当分消极与积极二种。我湖南产物，最有价值者为农业，果能发达农业，吾知世界之上皆当受我之供给。于是再谋发达实业，开掘矿产，以供世界之需要。其为世界最富之区自无疑义。此宜用积极方法者也。一面吸集外资，以资扩充，更不患资本不足。现在华侨富人最多，欲投资以经营实业者，不知凡几。以前风气闭塞，偶有开发，即生阻力。现在共和告成，人知振作，此一极好机会。唯欲兴实业，当谋铁路，铁路不发达，实业即不振兴。此不可不注意者。

又有一事当极重视者，则为水患，此我湖南最大之害也。从前如湘潭、常德一带，屡遭水患，感无穷困苦，大阻实业发达。推其原因之所在，则为洞庭淤塞。然亦非一洞庭湖之关系，即扬子江之淤浅亦有关系。但开之之法，当在去淤以浚之，即以淤土建筑堤工，并可以塞溢水。但兄弟以为当从种植改良入手。简单言之，如南洲、如华容等地方，皆湖淤所成，屡遭水患，倘以其种稻之地易而种麦，即可以避水灾，可以避水灾，即可得丰收。此即消极办法也。兄弟愿与同乡父老共勉之。

在北京共和党欢迎会上的演讲①

1912 年 9 月 17 日

今日辱承贵党开会欢迎,兄弟实为感谢。原来贵党党员多系兄弟故交新知,今日得握手一堂,共谈衷曲,何幸如之。贵党与敝党本无嫌隙,而两党党纲渐相接近,将来携手同行,共谋福利,彼此均以国家为前提,尚有何事不可商榷。盖讨论政见与党派毫无关系,即同党人亦往往有因政见之不同而生差异者。且党员政见不贵苟同。政治本无绝对之美观,政见即有商量之余地。如贵党以为是、敝党以为非者,一经平心讨论,贵党所主张果属可行,则敝党必牺牲党见而赞同之;敝党以为非、而贵党以为是者,一经平心讨论,果不可行,则贵党亦将牺牲党见而赞同之。盖彼此均以国家为前提,只求真理,固无丝毫成见于其间也。至于实业,兄弟毫无学问,不过审察中国情形,非此

---

① 1912 年 9 月 17 日下午,共和党在北京农事试验场举行游园欢迎会,宾主共百余人。张謇致欢迎词。本文是黄兴的答谢词。

不足以立国，故不揣愚陋，欲为全国同胞担任此事。且中国实业，张香涛先生提倡于湖北，袁大总统振兴于北洋，均有成绩可观。然皆借政府之力而为之。唯季直先生在野提倡，不遗余力，所办各公司、各工厂成绩烂然，兄弟极为佩望。此后中国实业，仍求季直先生规划一切，兄弟愿尽力赞助。兄弟于政治少研究，不敢多谈，区区之愚，仍恳有以教之。

在北京湖南女界欢迎会上的演讲

1912 年 9 月 18 日

今日兄弟蒙女界同胞欢待，感谢之至。宏词嘉奖，惭愧之极。原来女子同胞，从前不但受国家压制，并受男子压制，实在是苦不可言。今日国体改良，我女子同胞趁此机会，两千年来所传遗之苦恼从此可以铲除，与男子同享共和幸福。前日蜀学堂开会时，兄弟曾将教育平等之理约略言之。但有一层道理，现在世界重要问题，即生活问题是也。欧美学制皆注重实业教育，无论男女，均能独立自营。美国女子职业，如图书馆之事务员、小学校之教师、新闻记者、看护妇、活字记者、写真师、簿记者、裁缝师等类，不可胜数。我湖南地方物产丰富，湖南女子教育宜注重于实业教育（如手工等类）。此不独湖南然也，推之中国亦莫不然。兄弟之意以为，可以实业教育定全国女子教育方针。女子有了学问，就可以参政。现在美国各州，女子为律师者、为行政官者已居多数，我中国正宜以美国为法。人类进化，男女平等，故参与政治为人类之天赋，人权不能有轩轾于其间。

在北京社会党欢迎会上的演讲

1912年9月

今日承诸君欢迎,实在感激。我国此次革命,非但种族上革命,非但政治上革命,其结果乃是社会上革命。从前专制时代,社会上受种种压制之苦,兄弟很为之悲恻。大凡富贵贫贱不平之等级,皆由政治上所造的恶。今政治上既已革命,我们当将眼界看宽,化除私心,将富贵贫贱各阶级一律打破,使全国人人得享完全幸福。社会主义,在世界上尚未十分发达,即如法、美二大共和国,社会上有资本家与劳动家之异。美洲之资本家,其一人之财产可敌全国之富。劳动家每因资本家之虐待,常有冲突之事,将来社会革命在所难免。兄弟愿诸君将社会革命包在政治革命之内,抱定国家社会主义,免去欧洲将来社会革命之事。提倡土地国有,使多数国民皆无空乏之虑。盖一国之土地有限,人民则生生不穷。土地为生财之源,应供一般人民受用。然财产倘为少数人所垄断,则必如欧美之资本家，实足为社会上之恶。必须财产归公，不使少数人垄断。财产归公之后，又必广设学校，使人民教育发达，致一般社会子弟，自幼至成人，吸纳一种高上知识于脑海，脱离依赖性质，具一种独立经营性质。从此社会一切不平等之事铲削无遗，是我中华民国为世界社会革命之先导，而为各国社会党之所欢迎也。兄弟于诸君有无穷之希望焉。

在北京西北协进会
欢迎会上的演讲

1912年9月18日

今日承诸君开会，实不敢当。兄弟对于蒙、藏，前在蒙、藏政治统一改良会及中华民族大同会欢迎兄弟时，曾经略表意见。今日又得与五族兄弟相见一堂，请再为诸兄弟陈之。兄弟以为：蒙、藏独立之原因，实为道路阻隔之原因，文言不通之原因，不明共和真理之原因，非反对共和真理之原因。故兄弟对于西北进行之意见约有二端：

（一）蒙、藏既非有心独立，则取消独立，自应以和平解决为主张。苟其徒逞武力，不独无以启其向内之志，适足以坚其向外之心。夫五大民族，五色国旗，苟有缺点，五族之恨，同享幸福，五族之荣也。

（二）铁路为交通利器，蒙、藏以道路不通，致滋疑惑。例如成都至拉萨旅行，至半年之久，并非七、八、九三个月不能通行。西北进行之障碍，交通上实一大原因。故铁道政策，实为今日必要之图也。

在袁世凯宴会上的答词

1912年9月21日

今谬蒙大总统奖饰逾恒，愧不敢当。共和成立，实赖大总统救国之决心，及国务员与各军长、师长各位一致赞助，始能收此效果，兴极为感佩。现在国基初立，建设之事甚多，大总统代表中华民国人民，当此艰巨困难之时局，一方面要维持破坏秩序，一方面要建立共和国家基础，其困难情形可以想见。兴此次来京，亲见大总统为国宣劳之苦心及一切规划，尤为感佩。以后国家困难之事，或较今日为尤甚。凡中华民国之人民，无论在政界、在社会，须出真实爱国心，以赞助大总统建设之伟业，使中华民国与各国立于平等之地位，维持世界之真正和平，此兴之所希望于在座诸君并用以自勉者。

在北京国民捐会欢迎会上的演讲

1912 年 9 月 21 日

兄弟前留守南京时，曾通电全国发起国民捐，竟有政党之反对。然就余所至之地仔细体察，一般国民实无一不赞成者。试问何以应有国民捐？请约略言之。盖造成共和所费太巨，概取诸民，又嫌其苛。现在政府概用外债，余非谓外债之必不可用也，然据要求条件观之，已足亡国而有余。吾国成于革命，而亡于外债可乎？我国革命甚速，唯其速也，即有多数人不识共和本旨。有谓化除南北意见为共和者，有谓南北休战为共和者，有谓自由行动、随便做事。毫无范围即为共和者，此皆极端的错误，无国家思想而致也。兄弟之发起国民捐，在使人人脑筋中受刺激，而有国家思想，且必稍持强迫性质。前查革命时代，何省不耗财？何地不耗财？耗费虽多，秋毫不犯，为国也，非敛钱也。在昔洪、杨改革时代，曾国藩创办厘金，系纯然敛钱方法，甚有以漏厘而杀人者，其勒索剥削，至今尚未尽净。

何言乎国民捐为发起人爱国思想？盖一国犹广厦，以全国合资造成此厦，使知此厦为国民造成，其爱国之心不难激发。前各省有反对此捐，仅系少数无识者，而一般爱国国民对于此捐之有责任心，与兄弟所见略同。何言乎国民捐必稍带强迫性质？自光复后，中国人之在汇丰银行之存款，香港约七千余万之多，上海约八千余万之多，天津约一万万之多。此外尚有交通不便之处，其存钱于他处者，又不知凡几。若以数百元家资者，取银数毛，千元家资者，取银一元。由是言之，虽近于强迫，而实非强迫也。即湖南筹饷局一事，创时未久，其收入已有六七百万之多。昔普法战争赔款甚巨，此项经费，亦系由国民输将者。现在诸君若能慨然捐款，是兄弟最希望的。若当此时再不设法挽救，恐将来有钱无处可用。今何时也？我政府专借外债，以消耗于无形，而不谋生产事业，殊甚非计。国民捐一事，固望诸君合力进行，尤望政府毅然赞助，庶国计民生两有裨益。

在北京民主党欢迎会上的演讲

1912 年 9 月 22 日

今承贵党招待,异常感激。此次革命之成,出于国民心理之同然,仆何功之有?过承汤君奖饰,惭愧何似。今后对于国家前途,仆有一大大的悲观,并有一大大的希望。所谓大大的悲观者,若中国之大建设材料,非常丰富,此极可喜事。然不及半年,而内阁更迭已及二次,政府政策之无定,各党党见之纷歧,今后待至何年,乃能合政府、政党、国民于一炉之中,而有良好之政治?

所谓大大的希望者,今国事非常危急,应合全国人才于一党之中,而为一致之进行,则国事乃克有救。同盟会今方改为国民党,深望民主党合一炉而冶。在座诸君是否赞成,请有以教我。抑仆于奔走革命,稍效微劳,然于政治上向未学问,今以无学之人而谈政治,万无中肯之理。区区愚见,聊与诸君为政治上之商榷而已。

在北京铁道协会欢迎会上的演讲

1912年9月22日

民国经济之发达,全恃铁道。现在政府所发表之铁道政策,即是中山先生之铁道政策。中山先生之铁道政策非自今日始,数年以前已有十分之研究。革命时期铁道政策即包含在内。本欲于革命之前,将铁道布置完备,不意武昌义起,百日之内,革命告成,倘非合全国同胞力量,焉能如此之速?兄弟今日对于铁道之成功与革命同一希望。现在人民智识未开,不能不设一机关。机关者何?如铁道协会是已。兄弟对于本会意见,第一要罗致人才,使政策易行。兄弟此来,避政界而趋实业界。盖铁道修成,必有以供养铁道者,而后铁道乃能充实。故兄弟专注重于矿业。盖矿产者,铁道之滋养料也。愿诸君努力进行,使中山先生之政策得以速成,是所希望。

在北京正乐育化会欢迎会上的演讲

1912 年 9 月 23 日

今日承贵会欢迎,鄙人至为感谢。我国自革命以来,社会上不良之点极多,皆是为民国障碍物。故解决现在之社会问题,莫如从风俗上着手。然欲风俗之良,又必有多少机关鼓吹。据鄙人看来,能改良风俗尽鼓吹之能力者,伶界诸君是也。无论古今中外,乐歌感人最深。我国古时于乐歌极为注重,常设官以司之职,今古伶界即古乐府之遗。专制时代,大都轻视伶界,为不平等之故。盖一般社会之心理习惯,能使移易于无形,非伶界不为力。欧美各文明国,伶界最形发达,文学优美之士,多列身伶界之中,以实行风俗教育,激发人心,改良社会,故其国势蒸蒸富强。民国起义时,上海伶界同胞亲身犯阵,最称奋勇,可知伶界之中亦不乏豪杰之士。今共和告成,凡属人民一律平等,从前轻视伶界之界线从此破除。诸君仿欧美之成规,尽鼓吹之能力,普社会之文明,为我伶界维新之开幕。古语云:"移风易俗,莫善于乐。"鄙人于诸君有无穷之希望焉。

在旅京善化同乡会欢迎会上的演说

1912年9月下旬

兄弟与同乡诸君别离已久，今日欢聚一堂，深为欣幸。谨将兄弟一生近十余年历史略为诸君言之：

兄弟自在湘首谋起义不成，潜赴沪上，与杨君笃生、章君行严组织机关。后因炸王之春事，机关破坏，又赴日本。时与中山先生犹未谋面，不过早已知名。嗣以日本大侠白浪滔天等介绍，始相认识。遂共商组织各部机关等计划，革命事业至此始稍有头绪矣。

但革命非一次所能成，必发动数次方可牵制全局。故首有萍醴之役，继有钦廉之役，继有镇南关之役。明知其事不必成，而要不无影响。

嗣后，即筹集款项，运动军队，统筹全局大计，名省均设有机关。广州之役，本拟正月起事，因布置未妥，延至3月。张鸣岐捕拿甚严，广州军队林立。兄弟即发命令，召集同志，分为四部，定于29日起事。时同志多有主张稍缓者，兄弟则主急进。至期，三部同意，一部不从。遂以一部攻军装局，一部堵截旗兵，一部由兄弟领攻制台衙门，各执手枪炸弹，与卫队激战，毙卫队数十人。时张鸣岐已早侦知，逾垣出矣。兄弟即入衙内搜索，不料各部未发。将出该衙门，而李准卫队已至西辕门。时有同志某君近向该卫队晓以大义。兄弟侦该队兵士有跪地瞄枪准者，即呼某君留意，并手招之。而该兵士枪适发，兄弟两指头应弹而落，并伤一腿，而某君亦已应声死矣。兄弟遂徐出作街市之战，直至双门底遇巡防营一队。该营先已运动成熟，兄弟稍未注意，同志某君见势非援我，即开枪与敌。时所存唯十余人，兄弟犹以误为，便撞开某店门入，仍掩门静听。该士兵相语云："我们本往护提督衙门，不意途遇革党。"始知非我同志。时甚愤激，亦不暇择，因于门内开枪，击毙士兵十余人，该队亦退。未几，该店主回，问吾何至此状。我答以因革党起事，逃避于此，并非行窃者流。该店主亦甚好，与以衣帽。其小主人亦告余城门洞开，并无一守城兵，遂因此出城。而此役最强健之同志，死难甚多，即所谓黄花岗七十二烈士是也。

脱险后，余愤不欲生，拟伺隙杀李准、张鸣岐，以酬死义诸同志。荏苒至8月，距武昌起义前两星期，居君正由鄂电余，谓鄂军已运动成熟，长江一带均已布置甚好，只俟何处发动，即行响应。余得此消息，欣慰异常，仍以发难广东为要着。适居君正与蒋君翊武等因瑞澂捕急，于19日即倡义鄂省，电香港招余。

余以9月7日到鄂，嘱黎督死守武昌，俟各省响应。

是夜遂渡江，率兵数百与北军决战。时北军已夺大智门，侵入汉口街市。幸街市之战甚易，犹能相持。不料北军买通奸细，四处放火，延烧街市，遂以兵少不能与北军战，汉口遂陷。因退守汉阳，急电调湘兵援鄂。未几，王隆中、甘新典率湘军两协至汉。余以北军已由蔡句绕攻汉阳之后，不能坐守，遂分湘军为两翼。王隆中为右翼，甘新典为左翼，出攻北军，交锋亦获胜利。不料甘新典畏缩，无故将左翼退下。右翼以左翼退，并视鄂军休息颇久，不肯再进。时我本即欲将甘正法，深恐摇动军心，未果。只得日夜做防御汉阳计划。而北军已渐由蔡句捣击，汉阳遂陷。兄弟此时以汉阳虽失，武昌独可保守。遂商黎督竭力防江，以俟宁省之恢复，一面电调广东军援鄂，后沪上各同志招余同下江南。余以联军毕集，江南必下，遂赴沪办理援鄂事宜。

后因汪君精卫与唐君绍仪磋商和议，战局告终。汪君电余，请举一最亲切语相告，以为与袁议和之据。余即举二语电汪，谓："难可自我发，而功不必自我成。"

余一生革命，唯以牺牲为目的。此次共和成立，毫无尺寸之功，幸赖五大民族同心协力，相底于成，致有今日之欢聚。

在北京叙别会上的演讲①

1912年10月4日

弟此次偕陈君北来，承本党理事、干事、议员、报界诸君及国务员诸君叠次宴集，至感厚谊。现因事南旋，迫于时间，不克与同志一一握叙，良为抱歉。现在临时政府期限已迫，内政、外交诸多棘手，将欲组织强有力之政府，必须强有力之政党，然后足彰政府威信，巩固国基，隐销外患。本党唯一宗旨，愿在扶助政府。然使政府与政党不相联属，扶助之责容有未尽，曾与袁总统一再熟商，请全体国务员加入国民党。袁总统极端赞成，后又商诸国务员，亦均表同情。今于濒行之夕，约各界诸君宴叙，并以代表本党欢迎加入本党之国务员诸君。此次各国务员加入本党，实为维持民国前途起见，深望诸同志此后同心协力，共济时艰，俾成强有力之政府，各国早日承认。民国之福，亦本党之幸。

---

① 黄兴于1912年10月4日晚，与陈其美联衔邀请全体国务员、国民党籍议员、国民党本部各部正副主任及干事，报界记者一百余人，在六国饭店举行叙别会。本文是黄兴在此会上的演讲词。

在天津日本人士欢迎会上的演讲[①]

1912 年 10 月 6 日

此次来津，蒙贵国在留人士不弃，开会欢迎，至为感愧。但今日既承不弃，与诸君子握手，兄弟于极欣慰之中，又极有希望于贵国国民者。盖敝国此次革命，实因政治不良，敝国国民为求自立自强，遂不得已起而改造国家。然今日民国已成立，而政治及社会各方面事业均极幼稚，是不得不望贵国先进国民，以诚教导敝国国民，使向进于美好之途，然后敝国自能蒸蒸日进，与贵国相携，以保东亚真正之平和。贵国与敝国本唇齿之邦，两国国民又是同文同种，实如弟兄，愿贵国以兄对于弟之关系，教导敝国国民。敝国之革命事业，原来效法贵国，自革命组织，以迄武汉起义刱设民国，承贵国诸兄弟相指导相扶助之处甚多。

[①] 黄兴一行于 1912 年 10 月 6 日离京，当晚抵天津。天津日本士商长蜂与一、今井嘉幸、藤田语郎、西村博等发起，开欢迎会于日本俱乐部，到会中日人士百余人。本文是黄兴在会上的演讲词。

敝国国民已夙深感激，尤望贵国诸兄弟始终教导之扶助之，此实为中日两国至大幸福，且为东亚保障平和之至大幸福。今日兄弟所感谢所希望者即在于此。

在国民党南京支部欢迎会上的演讲

1912 年 10 月 10 日

今日承诸君开会欢迎,诚不敢当。然今日为民国周年第一国庆日,兴甚愿与诸君一谈衷曲。兴从北京来,北京之筹备国庆事已十余日,而沿津浦路线所见之五色国旗,到处飘扬,其热闹亦可推想。全国于此一日而为一致之庆祝,诚快心乐意之事。然一念及此,快乐之中,实含有无限锥心之痛。此不得不为诸君详述之。

革命事业有此成功,必先有其原因在。大凡人类无有生而即为奴隶之资格者,专制之虐,吾人备尝之矣。举凡自由幸福,世界文明,各国之人民能享有;而吾人独有所未能。此于理岂得谓平?故政治改革不能或缓。同盟会发生之宗旨即缘于此。此等改革,孙中山先生所素持之唯一目的也。当时党员即今日国民党之一部分。当时之意,拟从言论入手,言论不能达此目的,即非力为运动不可。唯革命思想之灌输,受言论之力为最大。一时如风起云涌,进行非常之速。于是遂思非着手于武力不可，即暗中运动军界。当时，军界同胞对于本党宗旨非常赞同，未数年已大都一致。所苦者无人肯首先发难，故而迟迟耳。兴等见大势已成，遂共任牺牲发难之责。唯屡举屡败，久之不成。然失败一次，即奋进一次。至徐锡麟、熊成基，又失败于安徽。而最后之大失败，即3月29日粤垣一役。失败频频，军界得此报告，大为奋激，乃议大举，期在必成。当先孙中山已由美至日本，复由日本至南洋，种种计划，皆为广东举事之备。

以广州为发难地点者，因交通便利，海外归国较易。根据地既得，然后以武昌为长江之中心点，而南京、湖南二处为之辅翼。其余西北、西南各省以及北京，均有布置。其主动之人物：广东为赵声，上海为陈英士，武昌为蒋翊武、孙武、胡经武，湖南为焦达峰。长江之联络则为谭人凤。谭曾亲至汉口、长沙各地实行联络，皆极表同情。唯定期本在去年正月，迟至3月29广东始发难。广东既败，各地遂亦延期。广东之败，为革命以来最大之失败，然革命之成功亦于焉赖之。但授命诸君，均以道义相结合。今日思之，犹不胜悲痛。然海外同胞热心革命，受此激刺，雄心乃由此而发，益踊跃十倍。

武昌起义前两星期，事甚危险，盖其最足令人焦急者，首在军饷。兴在香港，武昌曾屡发急电催迫，不得已遂赶于一星期内，筹集十余万解去。其长江、两广、湖南各处，以上海为总机关。宋教仁、谭人凤于8月17日由沪赴鄂，十八晚即起义。先一日孙武因炸弹爆裂被拘，胡经武亦在狱，蒋翊武力主速起，军界均表同情。武昌光复后，继及汉口、汉阳。时兴在香港，于9月3日至上海，七日午后抵武昌，则光复已数日矣。是日汉口正被北军来击，即往见黎宋卿，力主死守汉阳及汉口，以待各省响应。唯各同志仅两千余，屡战不利，死伤甚多。然事已至此，岂能有他，但愿牺牲性命期在必成耳。初七晚，各同志均渡江赴汉口，初八、初九未战，盖欲固延以待各省。时九江、山、陕同时响应，声势浩大，然终以非死守汉阳不可。后接上海电，遂去武昌，至上海与陈英士计划江南事。因铁良、张勋防范严密，不易下手。攻战恃子弹，如江宁万一不下，即仍至汉口。时9月13日也。武昌闻电，人心奋跃，当至汉阳督战。不幸汉口之兵仅有八千，而军饷二十余万，复为人拐逃，汉阳危险殊甚。计相持二十余日，遂失汉阳。汉阳既失，武昌危在旦夕，然誓必死守。唯军人能敌者，只有粤军，且感情亦善，因欲调鄂，与北方协力攻击。不幸吴禄贞又被刺于石家庄。幸南京、上海一带无恙，而粤军亦约期出发，遂誓师北伐。乃未久而议和之事起。

袁总统之主张，国人多未能明悉，今更顺次说明之。当时之袁总统，固以和平为职志，议和专使之来，内容实含有和平解决之策。在上海英巡捕房见唐代表，首秘密叩以袁总统之意见果主张和平否，代表非常诚恳，且言：北兵四五万在京，而袁无权，若非取消摄政王，则满人必思对抗。当时之议既定，遂有今日。此外历史尚多，不及缕述。

唯兴有不能已于言者：今国体既称共和，则凡民国同胞均有力予维持之责。兴至京时，觉有一绝大希望及一绝大乐观之事，为袁总统之苦心谋国是也。报纸有以拿破仑诋之者，殊为失当，且亦绝无之事。袁之为人，精神充足，政策亦非常真确。忠心谋国，反不见谅于人，此最足以灰办事者之心。然袁总统未曾因人言，而遂有所踌躇也。其度量宽宏有如此。人之诋袁，既不足为袁病，反因此冲突而为外人所利用，则殊可惜。今之国势未能统一者，厥故在此。袁总统亦深以为忧，然兴以为不必虑。缔造之始，首贵统一。今唯借政府与国民最大后援之力，事必有济。改革伊始，民气奋兴，政见不同，致起冲突，此亦事之常耳。美之统一，七八年始成，其他数年、数十年者不等。今我国若一年大致就绪，岂非可喜之事？唯政治谋其统一，必借最良之政党。请以日本为例：四十年前废藩覆幕之时，党派之争，经济之窘，其情形与吾国今日不相上下。而因利用一政友会强大政党之故，遂能一跃而为世界第一等强国。此吾人所当取则者。本党进行之策，国务员已加入本党矣。南京关系重要，兹推程都督为宁支部部长，因程都督与吾党意见甚相合，且能实行党纲。想此事必为到会诸君所赞成。此并非为一党之私，盖处此国危之时，如大海航舟，须同渡彼岸，虽非同族，犹且协谋，愿我同党诸君，讵可忽于此旨乎？

在国民党鄂支部欢迎会上的演讲①

1912年10月28日

今日承本党鄂支部开会欢迎,愧不敢当。唯鄙人今日与本党诸君相会一堂,有许多心事,得乘此机会发表于诸君之前,甚欣幸也。

我鄂支部在武汉,甚得地点,诸君不可不知。此地为我民国肇造起义之地,且为副总统驻节之处,笼南北之中枢,集党争之中点,于谋本党之发达利便莫大。支部诸君既得此独一无二之地,为本党政争之中坚,责任重大,荣誉亦罕与伦比。在今日之民国,所以不可不有政党者,因为欲产出真正之共和政治,必待政党对于政治为专门之研究。本党前身为同盟会,彼时从事革命运动,故其目的、性质、手段纯然为破坏的。今日则民国成立,建设伊始,时势已迥不同,即目的不得不改变。今所以与各党合并而

---

① 1912年10月28日下午,国民党鄂支部在汉口大汉舞台举行欢迎会,场内外数万人。本文为黄兴在会上的演讲词。

改称国民党者，盖将应时势之要求，为解决建设问题之研究，自然之归结也。至本党对于民国建设事业当取如何之方针，是则不可不借鉴先进诸国。欧美各国之已成为完成之国家而能代表共和政治者，仅法、美两国。法、美两国政治之运用，须待政党之力为多，而共和之真精神亦于此发挥。我民国为数月甫经成立之国，一时国内政党勃兴。政党太多，于政策之进行不无妨碍。欲追踪法、美以收共和之美果。不可不造成伟大政党，俾对于国家政治力加研究，以得稳健之主张，发表于国民之前，使全国人心有所趋向，而后得多数国民同情，政治进行可免障碍，国家之发达亦于此基之矣。本党痛今日民国之政党虽多，然有精确而伟大之政策者极少，乃不惜苦心孤诣，结合多数小党，组成一极强有力之大党，相与制定党纲，以表示将来政治进行之方针。此国民党成立之由来，及将来进行之目的，当亦诸君所共喻而不忘者也。

本党所抱持之国家社会主义，实于国民今日现状最为适当。盖其精神纯为全体国民谋完全之幸福，本党向来宗旨如此，由破坏以至此后建设，一贯不渝，故对于全国为不可少之政党，固不待言；即以对于全世界而论，本党所主张之保持国际和平，原为谋人类真正的和平幸福计，故对于世界，本党亦当为必不可少之政党。望我党员抱定此决心，扩充此主义，使达完全圆满之目的，则本党前途正未可限量。唯兹事重大，断非一二人所能荷担，故必党员人人负完全责任。且此等事业亦非一党所能自私，故对于他党，亦务期互相提携，交换意见，俾克砥砺观摩，收他山之助。凡他党之所主张，不可为无意识之反对，只当以国利民福为前提，平心静气，为稳健之批评，以待民国之抉择。盖政党必具此党德，方能光辉发达，成极伟大之政党，否则亦终归失败而已。前路茫茫，其各勉之。

至若本党对于现在已成立一周年之民国，宜持如何态度，要为吾党所不可不研究。民国虽日成立，然尚未得外人之承认。此后对内须维持现状，更谋所以整顿之，必使国基稳固，秩序安宁，做到外人不得不承认地步，方得谓本党党员之责任略尽一分。况诸君在此地，如前述所云，为我辈极好舞台，尤当负极大的维持责任，望此地本党党员，将本党精神发挥尽致，以维持一切。此地既为首义之区，对于有功将士须敬而爱之。又须以一片公心，调和各党，保全秩序，则对于外人承认问题，自易解决。今日调和恶感最为急务。国人譬之亲兄弟，若互争己见，则阋墙祸起，分崩离析，不能保内部之团结和平，又何能得外人之承认？此层更愿与诸君共勉之。今日北有袁大总统，南有黎副总统，犹之屋有栋梁，而吾辈方能住居寝食歌哭于其下，故我辈一面监督现今之政府，同时复当尊重此两大伟人。今日国家之急务，在谋内部之统一。我辈于此，不可不慎其言论行动。非唯本党诸君当如是，并愿非本党党员而到会之诸君，亦共体此意焉。

最后有为本党诸君告者，则目今选举在即，党员须大家共负责任，多赴地方演说，使人人知共和之真精神，并知本党之精神所在，而后国人皆知本党之可恃，共表同情，以助成本党之所主张。譬之草野，本党当先走出一条平路，使后来不患迷途；譬之铁路，本党须先造出一条轨道，使多数国民齐上此轨道，而更使政府上此轨道。盖政党本来一方有指导人民、代表人民意思之责，一方有监督政府，维持政府之责。约言之，即政党者，对于国家负完全维持之义务，为国民之耳目，使全国之人免于盲人瞎马半夜深池之危险者也。

抑鄙人对于民国有罪无功，重劳多数同胞欢迎，愧感交集。唯向来在武汉为时颇久，历计自肄业两湖书院，以至去年督战汉阳，特与武汉同胞有密切之关系，故对于武汉同胞尤形亲爱。今日欢聚一堂，不啻家人父子兄弟之关系，则亦鄙人所欣幸而敬谢诸君者也。

在国民党湘支部大会上的演讲

1912 年 11 月 3 日

中华民国,不数月间,由专制而造成共和,此诚吾人之幸也。欲民国现象日臻良好,非政党不为功。本党改组以来即本此意。唯政党本旨在监督政府,指导国民。又贵随时变迁,以图匡济。我国自共和告成,外人尚未承认,内部时起纷争,本党对此应有如何态度?大凡改革之后,党派蜂起。必有大党全力维持,始能一致进行。设小党互起,是非不一,精神不固,断难免扰乱之祸。所谓大政党者,必党员均有责任心,以改造为精神,以促进为目的,以爱国为前提,其党德乃日高。一党必有党纲,党员必确守不移,乃能秩序井然,进行迅疾。

本党党纲,其特别之点为民生主义,亦即国家社会主义。世界共和国家,以法、美为先河,今其社会皆嚣然不靖,是政治革命之后必须社会革命也。苟实行民生主义,则熔政治、社会于一炉而革之矣。有主张循序渐进之说者,谓政治必由专制而君主立宪，乃可共和。以今观之，不攻自破。谓政治革命不能与社会革命并行者，亦犹是也。欧美各国土地，多为富豪所据。上海、汉口亦有此象。以少数之权力，阻公益之利权，大不平等，孰过于是？民生主义之一大要素，即在削除此制，而行一种抵价税（言不论土地之大小，但视其产之丰饶以定税额）。至国制问题，有主张联邦者，谓由各分子集为一物。本党则主张统一。苟有强力之政府，以统治国家财政兵力，互相贯注，可收指臂之效。军民分治之说，当然不成问题矣。又政党贵应时而动，今之所亟宜注意者，为选举之筹备，苟党中最良分子皆选为省会国会议员，则党与国俱得良好结果。

更有进者，则湘省事务殷繁，务望本党诸君共相维系，力促进行，俾他党悉归旗下，非吞并也，魄力则然也。考我省今日要政首在铁路。湖南当京汉线未成时，每岁出口货仅值百万，今则达四千万以上。芝麻、豆、麦、棉花为其大宗。我省矿产甲全国，谷米冠东南。若能要求谭专办将干路速成，而以各商股加设支线，不出十年，湘省富强必过他省万倍。今各处铁路如京汉、津浦、沪宁等先后成功，独我省尚付缺如。所望诸君拥护政府，竭力进行，鄙人于此有厚望焉。

在湖南军警界欢迎会上的演说

1912 年 11 月 4 日

今天我们最有荣誉之军警开欢迎会，兄弟非常荣幸，非常感激。民国成立，数千年专制一旦推翻，皆赖我军警同胞之力。记得去年武昌起义，独湖南首先响应，军警两界之功不少。此光复史中最可荣幸之事。不但为我全国国民所知，兄弟去年在汉阳时，美国领事曾送报给我看，载湖南反正情形甚详，并拍电告知本国，极言湖南反正之文明。所以兄弟说，不但为我国国民所知，即为外人亦很崇拜。（拍掌）

现民国虽立，保护之责全在军人。军人之主义在对外，其天职在为国防。须思陆军如何而后能使国力发达，不受外人欺侮，是全在军界之能不负其天职耳。至警界，以保护内地治安为天职，尤为切要，不比前清军警，全是防汉。现在军民分治，尚非最要。因光复后秩序未复，警察之力未充，有时犹不得不借助军队。故军警两机关须能同时发达。苟警界能与军队同一进步，即分治亦甚易事。此全在自己能认定职务，为学问上之研究而已。

又民国初建，各省未能统一，兵数之多，不下百万。至统一后，大家知国中财政支绌，所以愿退伍者甚多。此时我南方秩序业已恢复，湘中军士有功不居，全数退伍，此其爱国心热，不但湖南同胞钦佩，即于全国亦极有影响，真是为军界模范。

至以后建设军队，亦不必求急效，须筹稳健的建设，渐渐加多。盖大陆之国，当以军队为主体。俄国有常备兵一百二十余万，德、法六十余万，日本二十余万，与俄交战时不过十余万。然是时，俄兵几如清之绿营，日本则皆系征兵，素以武士道为大和魂，其国民一入军籍，如以生命卖与国家，故能制胜。

民国以后征兵，常备约需百余万，或三年退伍，或二年，尚不能定。假如二年一退伍，十年当得四、五百万，而国力不可限量矣。我国土地、人民、物产皆极丰富，非军队不可保。故军人责任最大，大家要能负责。又军人精神、脑力比人尤强，此精神、脑力再加学问，则军人之天职可完全无缺。兄弟在南京陆军部及留守任时，最提倡青年军士求学。学成则无论何事可办。以军事学而论，此次战争尚无甚进步，将来必言学问方可制胜。譬如前此仅有轮船，此时已有空中飞艇，将来必有空中战争之一日。故军人不是穿军服，戴军帽，挂指挥刀就了，尤宜以研究军事学为保障民国要着。（拍掌）

观今天军警两界，精神充足，且皆青年。有此资格，研求学问，为国保障，发挥湖南人特性，使留一光荣历史。兄弟希望无量。

至此次退伍同胞，大家要仰体谭都督德意，尽维持责任。退伍办清后，将来必从征兵制办起，方能完全。

警界宜求高等教育，负地方法律上及人民卫生上责任极大，宜于军事学特别研究。盖警界必知法律，人民生命财产方有所托。湘中光复后，秩序全仗警察维持，尤望力求进步，使成一法治国家。（拍掌）

兄弟在革命前很与两界亲切。至革命时，汉阳大失败，湘中子弟甚多，兄弟因没学问，不能担负，抱歉良深。故尤望军警同胞求学，以维持民国。区区微忱，尚希鉴察。（大拍掌）

在湖南圣公会欢迎会上的演说

1912年11月4日

今日承圣公会诸同胞开欢迎会,方才黄吉亭先生奖借有加,实深惭愧。兄弟今日重到长沙,对于圣公会之感情有特异之点:记十年前在此间联络同志,谋革命事业。部署初定,事为满清政府侦悉,闭城大索,几遭不测,幸有圣公会得保残喘。是时圣公会在吉祥巷,瓦屋数椽,不似今日之宏敞。兄弟蛰居楼上者十余日,遂得从容遣解党羽,孑身远扬。皆吉亭先生格外保护,化险为夷,禀上帝救世之心以救众生,推上帝爱人之旨以爱鄙人。迨事稍定,吉亭先生又护送至汉皋,保护周至,较之保护信徒尤加一等。盖欲吾侪一心改造国家,使一般人民皆享自由幸福也。今年兄弟在上海时,吉亭先生又来远迎,可见吉亭先生以上帝爱人之心为心,有始有终。

君等须知民国成立,是由一般人民造成,非一二人所能做到。然人民能知脱离专制之痛苦,实由西欧宗教输入,而一般信徒朝朝暮暮以平等自由之学说，鼓吹不遗余力。所以吾国社会悬一平等自由之目的，宗教家实为之导线。兄弟于宗教见闻素稔，深信此次革命，宗教家为原动力。此说从前无人道及。中国人民向苦于政治专制、宗教专制。孙、袁两总统发布约法，信教自由，从此政体之魔王已去，宗教之魔力亦灭。将来民国不但五族平等，必与各国之种族平等，与各国之宗教平等，成一大同之世界。兄弟此次革命，非仅无种界，并无国界。就现在而论，地有欧、美、亚之分，种有黄、白、黑之异，兄弟的革命目的与宗教同一宏旨，必使世界上无欧、美、亚国界之可言，无黄、白、黑种界之可分，而后吾人之目的乃达。

在昔圣公会蹴屋而处，室庐湫狭。今兹十载重来，规模宏大，建筑巩固，可信圣公会之发达为无穷期。兄弟对此无以报答，愿吉亭先生及诸同胞宏宣教旨，求世界之和平，不争权利，兄弟无限预祝。

在湖南政界欢迎会上的演讲

1912 年 11 月 5 日

今日辱承诸君欢迎,不胜感谢。鄙人奔走革命,十载于兹,艰险备尝,于政治未遑研究,但愿以在海外所见所闻及所怀抱者,与诸君一研究之。

夫共和政治求达于完全,其进行方法甚多,但吾人夙所主张者则民生政策,即国家社会政策是也。鄙人在本党开会时曾畅言之。大凡政治革命告成,而后社会革命在所难免。采用此策,自可永享清平幸福。欧美各邦治国大政,每为大资本家所左右,如美国脱辣斯之专横,社会不平,孰大于是?革命风潮随之而起。吾人谋国,必为百年长久之计。我国近虽无此现象,要当预为之防。以我国之地大物博,若能采取地价增差税,富强自可立至。况国家社会主义,为立国二十世纪者所莫能外。德之实行此策,英之于殖民地注意及此,其明征也。生当今世,侵略主义难望和平,须求大同主义,与列强盟好,然后可以图存,亦大势之无可如何者。不宁唯是，人民贫富不甚悬殊，国家财力日渐充足，普及教育可得言矣。夫欲谋国家之发展，莫先于教育，自宜竭全力运筹，而以国家资财充其经费。查儿童自数岁入幼稚园即离家庭，而教养于保姆。一方面使子侄繁多者不感教育费之痛苦，可以经营他事；一方面养成人民独立合群之性质，法至善也。

学以专而精，以久而成，增长年限亦其要点，如日本强迫教育之改四年为六年，其明征也。国际竞争最后解决于武力，中学而上，令学兵学二年，俾军事教育普及全国，则不待养兵而全国皆兵矣。总之，教育为当今之急务，无论公私，在所必设。诸君各有子弟，各须衣食，若以衣食之费输之公家，使之代吾教养成独立合群性质，利莫大焉。吾湘教育素称完备，扩而充之，是所望于诸君。

外此交通实业，亦宜急谋进行。查湖南铁路仅成百里，现有谭督办主持，全路告成，谅亦不远。唯支线如常辰、衡永等路，均宜同时并举。其经费则宜以从前房租、米捐等股充之。至湖南矿产素号繁富，平江金矿、常宁锑矿，其尤著者。特贷弃于开采者资本有限，未获胜利耳。现锑矿州咸为德商所垄断，公私俱受其害，自宜厚集商本，合力进行，以收后效。至工业不发达之故，多由湘人性喜从军，不屑为此。退伍以后回里者，多谋生无术，甚为可虑。宜设立大工场，强游民入场学习技艺三年，而后即可自营生业，而工业发达矣。以言商业，湘本山国，视闽、粤诸省之出洋经商，每年收入税数十万者，诚有愧色。然他日铁路告成，握各省交通枢纽，商务繁兴，可操左券。唯拆毁城垣，改良街道，辟北门为新埠，不容缓耳。又商业与工业相表里，宜于南门外迁去义冢，建造工场。而修天桥联水陆洲、岳麓山以为市场。则长沙驾港、沪而上之，亦意中事。以云农林，湖南产米甲东南，所谓湖南丰，天下足也。近因洞庭淤塞，水患频闻，为积极之说者，谓宜多发帑藏，广募夫役以疏浚之。不知现在财政困难，力万不逮，不若于受水害最甚之处，易稻以麦，新生之淤，不准再耕。且择水道淤塞太甚者，少为疏浚，以通水路便舟行，或易为力。至于林业，辰州一带，尚有可观，外此则童山汇口。今宜于沿湘两岸，择选土宜，广为种植，俾山林日有起色，而水患可少减矣。以上数端，鄙人对于湖南所极愿进行者。唯离湘日久，情形类多隔膜，愿诸君有以教之。

在共和党湖南支部欢迎会上的演说

1912 年 11 月 7 日

民国成立以来，其维持现状，巩固民国，唯政党之作用是赖。当前清时代，政党无由发生，如资政院、谘议局亦思以多数人之政见改良政治，无如不能实行。在民国成立后，贵党与国民党及其他之党继续发生，各共谋政治上之进行，巩固民国之基础，诚为幸事。现在研求政治，不患党多，然必各党均以国利民福为前提，持政见不持党见，乃为民国之福。

今人民政治知识方在萌芽，为党员者每与不同党之人争意见，起冲突，若不共戴天，虽至扰乱大局亦所不惜者。所谓兄弟阋墙，不顾外侮，诚可叹也。故以党见而纷争者，必专自顾其私，而置国家于不顾。愿国民引为大戒，牺牲私见，服从公理，服从多数人之政见，则纷争自免，政党之发达可期，民国之稳固可必矣。但现今建设之事纷繁，已不免有人才缺乏之慨。使政党太多，人才分布于各党，将来实行政党内阁，以一党在朝，他党在野，人才之不足用，深可虑及。今各党之党纲与其政见大致相同，但使党员认定党纲，则无论何党，其精神所注，数党与一党无异，则何如萃全国之人才，合为一党，以共同救济今日之危局也。在列国之窥测我国，以为各省对于中央之主张，各党对于政府之主张均不统一，内讧不已，国自不国，故不肯为正式之承认。然而南北统一，以数十日而成，实为列国所不及料，吾人有此莫大之天幸，即不当再有人事上之纷争。故以欧美各法治国言之，必应有两党并立；而以民国现在之时势言之，断不可以两党争持之故，致将国事搁置而不问，而欲消灭此种党见之争持，自非合并为一大政党不可。日本变法以来，党派极多，其后并为政友会，一致进行，故有今日之强。故兄弟希望吾民国者亦在是。但此非并吞他党之问题，实欲集合多数人才，同心合力，以巩固民国。若必不能集合多数党为一党，则无论何党，其号召党员当以道德学问相结合，不当以势力权利为结合。对于他党尤当以道德学问相切磨、相辅助，不当以势力权利相夸耀、相凌铄，此兄弟所最希望者也。

在湖南普通全体大会上的演说

1912年11月7日

今日承父老兄弟开普通大会,兄弟感情不觉与爱乡土之情油然而生。平时开会,不过一方面。今日父老兄弟均至,格外恳挚,兄弟非常感激。现在我国改成共和政体,兄弟稍就"共和"二字言之:

我国数千年来受专制流毒,政权握在一人之手,我等遂任一姓之生死鱼肉。今得为共和国民,幸福益大。共和之制,系使国家为大众共有之国家,人民共同组织政府,自谋幸福,自谋治安。大总统及各行政官乃我等公雇出来。譬犹开一铺店,聘请管事,我等均系股东,使管事支配一切。以后人民对于国家须更加亲密,方不愧为共和国民。

国家种种机关,以议会之关系为最大。如参议院、国会、省会,均所以代表民意,为我等谋幸福者,故此项选举须特别注意。又民邦肇建,制度初更,诸务繁杂,不能即臻完善。我等对于行政官宜极和平恳切。因各机关皆系我等雇来，非以感情联络，则诸多窒碍。犹农家雇诸亚旅，不相融洽，何以望耕作之得力？故不可过严，不可求全责备。即有不当之处，宜用间接之法，监督指导，不必直接以嚣动人心。须知光复以来，民气太盛，对于政治不免有强硬之态度，故当取和平办法。共和国者，共同做事，共守和平之谓也。世界各共和国皆得自由平等，然必自由于法律之内，方有国民精神。今我国人民往往误会"自由"二字溢出法律范围之外。所以然者，因教育尚未发达之故也。教育不发达，则程度不能高尚，而生出种种之障碍。

见弟回湘数日，闻退伍军士及诸人民竟有捣毁学校，驱逐教职员者。似此则教育何时可望发达！天下事须有学问方能办好，故大家当劝导一般人民，毋或仇学也。湖南素不交通，工业亦不发达。改革之后，教育已有进步，实业已极力提倡，实为幸事。然我湖南之关系民国最大，从古有事，必有湖南人在其中。各省亦于湖南历史最称荣耀。如去秋响应武昌者，湖南为首；援应武昌者亦湖南为首。湖南之国民资格既好，故兄弟于湖南尤有无穷希望，俾克为各省之模范也。兄弟平日无机会与父老兄弟聚谈，今得聚谈，则湖南应改革之事兄弟略述二：

（一）裹足实阻碍文明之进化。兄弟在广西时，见其女子均系天足，而能力极为发展。男子坐食，女子竟可耕田，且能担负百五六十勱之物。使其稍习枪法，则出而冲锋陷阵，将较男子为强。所以然者，以其纯系天足也。乃兄弟回湘以来，见各街市妇女多未放足，且有十三四岁女子而犹紧紧缠裹者，殊为怪事。鸦片之害，湖南已经严禁，昨日且枪毙烟犯矣。兄弟谓缠足之害有过吸烟,亦当严行禁令。广东巡警见妇女有缠足者,即拉入贫儿院。如今严禁之后,犹置若罔闻,即当杀一、二人以儆。兄弟非好为残酷之语,因裹足实足以阻文明之进化,国家立法儆一戒百,杀一人可以生万人也。

(二)迷信。湖南最信木偶,以为可以捍患御灾。不知古人神道设教,所以令人处处存敬畏之心,使其天良不丧。后世不察,以为可以医疾。不知医生不好,尚能杀人;木偶何灵,安足延寿!其中亦有求神医病而愈者,此非木偶之功,乃良医所传之方,偶与病合耳。然一般迷信家病愈则归功木偶,一服其药而死则云命运使然。兄弟回湘,见街上犹有拜香客,谓岳神可以致福,此其可怪也。又有风水之说,谓父母死后须得佳城则灵验常存,后世子孙方能发达。夫父母之有灵验,必其生前做有大事业,足以感召后人。如岳忠武今犹有灵,非其躯壳有灵,因其义烈凛然千古,犹有生气,精神事业足以感人之故也。乃后世不察,致因图谋风水,构讼耗钱,且将父母遗骸连年搁置不葬。今且妨害矿山铁道,阻碍文明进化。此迷信之亟宜革除也。

此次革命,系改革政治,兄弟谓人民心理亦宜改革一番。且欧美共和各国最重权利。权利固法律上所公认,然于道德上则犹有未尽。我国国粹,厥唯道德,今若能扩充起来,则较欧美共和尤为优胜。故兄弟谓第二次革命唯革心理。甚望我父老兄弟能力行之。

今日天寒,到者甚多,兄弟无任感激。特将以上所言者自勉,并望我父老兄弟共勉之。

在旅湘湖北同乡会欢迎会上的演说

1912年11月7日

今天湖北同乡开会欢迎,兄弟非常感激。复承黄吉亭先生过誉,甚是抱愧。兄弟虽是湘人,然自求学至光复时足迹不离湖北,即谓之为第二乡里亦可。况今日无所谓省界,即谓我之同乡会亦可。

兄弟在鄂求学,历四五年,与鄂人交好极深。即吴君绥卿、周君介臣亦均在东同学。又兄弟在湖南失败时承黄君吉亭营救,匿居圣公会二十余天,赖以出险。汉阳危急,吉亭先生复到汉,口承周顾。时战争激烈,湖北兵士非常用命。后湘军赴援,相与支持危局。湘鄂相连,无分省界。且两省昔称湖广,本大同乡。前此既有特别感情,此后建设尤须同负责任方可。武昌为重要地,现京汉铁路已成,川汉粤指日可竣,将来于交通上最占便利。工商发达,此为起点。至汉口经此次大痛苦,改造尤须注意。现在铁道线已有计划,鄙意以为须包口湖为一大市场,修筑马路,为商业中心点。武汉间可造一大铁桥，以便交通。北京国都将来必移建武昌。现鄂民尚不知其利，全恃在外各位，请黎主持，为远大之规划。此后汉口建筑，各位所宜注意者也。

又将来铁路成功，交通便利，即可无分于湖南湖北。且旅居两年以上皆有选举权。北即南民，南即北民，尤吾人莫大之幸福。湘省未经破坏，各位在此甚得安宁，但须种种改良，图商业上之发达。唯欲发达商业，须从工业着手。现在市中商业或全系外货，或未经制造，不成物品。此须大家投资实业方可达到改良希望。

更有一层，大凡旅居各省团体，散漫子弟难受教育，大为障碍。今诸君既已设学，甚为欣幸。但人数不多，尚当力为推广，施以完全教育。即湖南教育界亦深望诸君尽力，勿分省界。其他如湖南行政上或习惯上之不良，均可要求改良，勿存客气。又女子裹足之习，急宜革除。盖民国之民必有国民资格，民国以国民为重，民强即国强，此兄弟所希望于诸君者也。

在湖南学界欢迎会上的演说

1912 年 11 月 8 日

今日学界开全体欢迎大会，兄弟不胜荣幸。回忆兄弟初出湖南时，公立、私立之学校尚不过数处。此次归来，公、私学校至一百三十余所之多。而革命中之有功者犹复求学不倦，足见湖南教育界之进步。夫革命之后非有教育不可，今诸君极力提倡之，学者亦极形踊跃，较之各省实为过之。兄弟在南京时热心求学者颇多，而各处地点为军队所驻扎，竟未能多立学校。今湖南主持教育者使能公地不为军队所占，俾求学者有所趋归，实可钦佩。以后民国建设，视教育之发达与否为转移。德之胜法，归功于小学校。觉我国此次共和成立，亦应归功于教育。前清时专用压制，各省提倡学校不能自由。今既建立共和民国，则机会甚好，教育目可极力发展，以为国家谋幸福也。

兄弟在校经堂读书时，尚无革命思想，唯觉科举之制贻害无穷。嗣因湖北两湖书院友人函招往学，遂赴武昌。

然功课亦极平常，其宗旨纯系忠君。顾读书数月，见报纸所载，友朋所言，始知世界趋势绝非专制改体所能图强，亦非郁郁此间所能求学。然仍上课如故，未尝旷缺也。时张之洞方督两湖，派送学生出洋考察。湖北三人、湖南三人，兄弟亦在其列，遂得游学日本。及闻拳匪滋事，各国有瓜分中国之言，心甚忧危，思图补救。以为义和团在北方如此野蛮，南方当可以独立。因在日本会议数次。然同志太少，孤掌难鸣，乃遄回祖国，借察形势。既至湖北，适唐君才常密谋起义，友人因以相告。兄弟以北方虽乱，而南方之势力尚坚，且军队未及联络，实不可冒昧起事。谈论之间，意旨不合，兄弟遂回湖南举办团练。乃未几得武汉之噩耗，唐君竟败至死。然兄弟于是时益知专制恶毒，绝非革命不可。然欲革命，须有种种布置，须图种种联络，因思各省人士在日本者颇多，遂复往日本与人接洽，得同志甚多。然其时方学师范功课，仍按步做去，不敢少懈。以为图谋革命，学问决不可废。归国时值端方督鄂，请其开办学校，宗旨不合，乃回湖南与胡君子清、周君道腴创办经正、明德两学校，而就中办速成师范一班。斯时兄弟亦未专任何种教科，不过借教地以发抒革命学说，激发学者之发国热忱。此次革命，两校中同学颇不乏人。此教育之关系国家，于兹可见。

当前清时，倡学者北方则今袁大总统，南方则张之洞。然北方逼近专制之下，难以发展。南方较为活泼，而起义时南方人为最多，此皆教育之功也。故兄弟谓造成民国者为教育，建设民国者亦为教育。不受教育，于个人尚难自立，况一国乎！廿世纪之文明，为物质的，非有完全科学不能占世界优异之地位。今湖南学校林立，以后若更加扩充，则不独湖南之福，且民国之福也。兄弟对于求学诸君尚有一番希望。承诸君今日欢迎，谓将以兄弟为模范，则请将兄弟之志趣阅历为诸君道之：

兄弟自幼做事，即不知所谓难。凡做一事，必求达到目的。即于从事革命时代，屡遭失败，然不以为败，以为终有胜之一日，勇于自信，卒幸告成。即今之求学奚以异是，故求学之事亦如打仗，须争求先登。兄弟在两湖书院时考验十二次，六次列于第一。因求胜心切所致也。求胜之心非卑鄙之心，因求学本不可让人，无论何种科学，皆须自居第一。盖物质的学问初非难事，特视其专与不专而已。从小学以至大学，不过年限不同，有志趣者均能学成。

（未完）

在湖南农工商界欢迎会上的演说

1912 年 11 月 10 日

今承农工商界开会欢迎,非常感谢。顷龙先生言及农工商一节,兄弟此项学识极为短浅,但只将所见闻及理想所及与大家商榷焉。

现今在地球上能以农工商立国者极多,其于三者能完全发达,握世界霸权者,厥唯德国。德之农工最盛,商业亦不可谓不强,实占地球上第一位。因德国境土与我国仿绑相同,其农业口盛已数百年,工业一项则各国制造均以之为依归,各国工学均以之为宗主。故其在欧洲不须求助他国,可与列强相抗,唯其农工业之强,故陆军能握全胜,即海军亦有一日千里之势,堪与英国平等。盖军事上之发达,全以农工为根本也。

美为后起之国,提倡农业最力,工业亦盛,数十年来进步甚大,故其国民经济在欧洲各国之上,地球上之最富者莫若美也。至共农工业之所以盛者,则以一切皆采用最新之法。荒僻之未开者,皆一一开垦,故为利甚溥。至如农业之发达不及工业,而商业则遍于东西日所出入处者莫如英。就中国观之,无处不有英人,即其一证。英之本部仅为三岛,其农业既为地所限,乃遂并力工商,故其发达无与伦比。

日本维新不过数十年,农业颇发达,工商亦有平等之进步,其货物输出于中、美者极多,在中国几无处不有。

合世界大势以观,中国农工商业几悉被人夺其利。先言农业,向来米可出口,近年安南有法人经营,暹罗、缅甸有英人经营,而我国米失其利。茶为出口大宗,自英人经营印度,注力茶业,日本亦极力改良,而我国茶业失其利。丝绵以中国产为最,现亦为英、日夺其利。中国本以农立国,有最大之出口货。今则一切失败。此由只知守旧,不知用新法之弊也。至工业一项更无可言。矿则窖藏地中不能开采。以言手工,不但不能出口,即本国尚须销用外货。故谓无工业之可言也。至于商业,非有农工,从何运输?即谓闽粤经商不乏亿中,然其在南洋各岛,不过经纪贩卖。因外人每购中国原料以供制造,制成后转以售之。中国闽粤人即居经纪者,以故徒手致富甚多。此在二十年前尚可站脚,近十年来无此机会。外人在内地设大工厂,就地制造,直接购买,故经纪失其利。由此以观,兄弟敢说中国人并无商学,无所谓商。此莫大哀痛之事。

但以中国国土之大,人民之众,农为旧日所固有,工亦不患人力之缺乏。徒有材料,任其弃置。以偌大的土地、偌多的人民及原品,何患不发达起来。民国政治上已经革命,将来农业商界亦必大大的革命方好。夫农业在能尽地力,盖地力可以无限。如有田一方,平时能收获二三石者。采用新法,加以肥料,未始不能收五六石。如患水者,可改良种植,使水不成灾,或用引水机吸水。种种新法,其利无穷。吾师徐先生者,江苏无锡人,为最先研究格致学家徐建仁先生之子,世其家学,能创新意。先是无锡年产米二三十万,徐以为种植尚未尽良,因更选佳种。全县仿行之,不十年产米数倍。又将稻田种桑,无锡蚕业,遂岁值数百万,昔之贫户多以致富。计至今不三十年,得此成效,此皆由能尽地力改良种植之故。全国苟能如此推广,其利即无量矣。

再言工业。工业中以矿为最大,如五金之属皆可制物,由采出至制成皆属工业上事。现洋货来华不离金属。苟能将矿业开采,即工业数倍美洲亦可。农以生之,工以成之,商以通之。农工发达,则商业亦自然发达矣。至于使农工商能发达之道,厥在于学。农有农学,工有工学,商有商学。苟能洼噫,富强可立俟也。

湖南土地膏腴,农业极盛,矿产甲于全国,工值极为低廉。以湖南之资,从农工商上努力进行,自不难为民国模范。至其责任,非他人属,今日在座诸君要将农工商各学问从根本上讲究,则此后不可限量矣。兄弟所希望于各位者如此。

在湖南报界欢迎会上的演说

1912 年 11 月 11 日

今日承报界开会欢迎，非常荣幸。顷文君演说报界宗旨，已了然明晰。在革命以前，光复事业几全寄于报界，因运动革命非有言论鼓吹不足以动人。此次革命能底于成，且成功如此之速，全恃报界之力。虽国家交通机关未能灵活，然言论所到之地即响应最先之地，可见报纸能力之大矣。民国成立，报纸尤负绝大责任。大凡破坏匪易，建设尤难，报纸亦然。鼓吹革命，人心易激，至建设时，须将种种研究适合现势，此甚难事。故今日报界之天职，第一宜指导舆论，启牖国民，使其知利害；第二宜监督政府，时加督责，使有所遵循。此报界不可放弃之责任也。但议论复杂，则舆论莫得指导，甲家主甲，乙家主乙，必致人民莫所适从。即对于政府督责过严，亦不能受。现在报界大抵主剧烈者居多。每一问题发生，不在范围以内立论，必移向行政官身体上去。此京沪报界不良之现象也。救济之法，如湖南报界，必有一俱乐部研究一致之政见，发为言论，人民庶有所信从，而于一般舆论可以唤起。至督政府须极温和，极恳切。政府识力有不到之处，我能用一切方法从旁指导之，才可达到目的。故各报能化除界限，设俱乐部，有一定时间以研究之，甚是好事。兄弟在申曾对各报言及，但皆有不相下之势。或主和平，或主剧烈，殊未易办。深望湖南报界能实行之也。

至今日报界，以兄弟观之，尚未完全发达，此因交通不便之故。须在五年以后交通渐渐灵活，报纸即可发达矣。又办报须有新闻学之研究。日本报纸现犹未足语此。同志某君曾任《泰晤士报》访员。谓该报记者皆分门担任，即新闻一项亦必合其一定之主义，方可登录。现吾国报纸虽不能骤达此完全地位，然必从此做去。七八年前章君行严曾拟办一大报，故其在英国时极研究此种学问，现闻将任浙江教育司（长）。长才短用，甚是可惜，若能招致回湘办报，其效必大。

又湖南报馆大抵经济困难，因临时发生之报甚多，故维持极难。就沪上情形论之，随起随闭者已是不少。湖南此时欲求维持之法，不如数家合办，将基金筹足，以图永久。盖言论不在多，在能正确使人民有所从耳。至将来交通灵便，则言论之发达当不止此。此尤兄弟所最希望者也。兄弟对于政治上亦无特别见解。且日来在各界演说甚多，毋庸重复。故此时亦无他语。甚愧，甚愧。

在长沙各机关团体联合欢迎会上的演说

1912 年 11 月 12 日

今日长沙各机关团体当寒雨溟蒙时开会欢迎,兄弟无任感谢!

兄弟为善化乡人。今长善联合,诸父老兄弟不弃,姜知事复极力招待,兄弟实深愧赧。

自民国成立以来,兄弟由北而南,所经过各地方,其秩序之整理,教育之发达,未有如长沙者。是长沙可以为全国模范。非揄扬也,实成绩之美也。

兄弟此次回湘,对于实业、教育颇为留心。现在长沙教育得姜知事提倡,程度甚高,预算几可普及。开化如日本,十余年间未能如此进行。此固姜知事之注重教育,亦赖各机关辅助之力。实业非一日所能办好,因现在经济困难。经济不能活动,则实业必不能发展。长沙现已稍具规模,北门市场虽前清所规划,然亦赖人民之自能规划。若能极力修建,极力扩充,则此等新事业、新气象实为民国之特色也。

又长沙地方自治成绩甚佳，兄弟前时在乡间办理公事，颇知乡间情形。若兴办自治，实具有能力，具有条理，以将都团扩充，即不劳而具也。今既大有成绩，兄弟实深欣幸。光复之后，抢劫时闻。如自治发达，将镇乡清理，遇有不良之人，则设法安置，而外来者不使能入，抢风当可止息。今姜知事规划乡镇警察，此诚切要之图。行见各种事业均有根据，而因之以发达矣。

离乡甚久，未能尽桑梓义务。而各机关团体均能从事改革，兄弟不胜感佩。又今日各校之青年弟兄冒雨而来，雨立以候，足证感情之厚。以后欲巩固民国，全赖各青年弟兄出力。若如我辈则年龄长大，不能求完全学问。故甚望我青年弟兄努力前途，建立极大事业，则幸福莫大焉。今日兄弟无以为酬，唯望各青年以民国为重，负完全责任，则兄弟之希望也。

在湖南烈士遗族欢迎会上的演说

1912 年 11 月 12 日

今日辱承诸君欢迎,是为完全美满之团聚。相见一堂,不啻一家也。唯念及诸烈士死事之惨,实有无穷之感伤。

鄙人奔走海外历八年,所建造共和民国殆至今日甫有微效,未尝非诸烈士冥冥之赞助,某何功德之有!但人之生也,有肉体,有灵魂,诸烈士之死,死其肉体,而非死其灵魂。其肉体虽湮埋于土壤,其灵魂实超升于天国。况诸烈士之死,皆以学说上之竞争而死,以铸造共和而死,虽死犹生,虽死何辱!即各国国家之过渡,以竞争自由而死者,往往皆是。诸烈士之死,皆以流血购换我同胞之生也。我同胞奚能恝然!凡烈士之已入祠奉祀者固宜崇敬有加,其未入祠奉祀者宜向稽勋局呈报,免使烈士之姓字湮没。鄙人亦自负维持之责。遗族之贫苦者自当设法救济,并拟铸徽章赠给诸君佩带。区区之责,义何容辞!唯愿烈士遗族互相亲爱，互相扶持，结合团体，组织事业。上可以对烈士，下可以立身名。是鄙人所希望于诸君者也。

今日时间非早，未能多及其池，来日方长，愿共勉之。

在周南女校欢迎会上的演说

1912 年 11 月 13 日

兄弟今日亲临贵校，见贵校学生精神活泼，非常崇拜。现在民国成立，当学生者大非昔比。资格增高，已有天上人间之别。然资格高，程度亦当与之俱高，将来建设事业重大，皆今日学生之责也。

现在当注意者为男女平等一问题。夫男女不平等，不独中国为然，欧西各国亦复如是。揣世界潮流，知二十世纪中必不容有此阶级。唯冀女同胞早将资格造好而已。资格维口，第一在学问。学问有教习指导，勤而习之，造成当非难事。第二在德行。德行为学问之根本。据东亚看起来，立国以中国为最古，而道德亦以中国为极完善，中国之道德且为欧西各国所不及。究之道德，从何处说起？盖有一定标准，即孝悌忠信礼义廉耻是也。时局维新，人多鄙夷旧道德，至谓君主且已推倒，焉用忠为？殊不知忠者非如腐儒学说专指忠君而言。凡做事能着实做去即谓之忠。

古人所谓"为人谋而不忠"即此。可悟"忠"字之确解。人莫不知爱其父母,实行其爱即成为孝。至如礼义廉耻,关于人格问题,无此四字即不成人格。凡此皆道德上之范围也。西洋学问发达,于此等道德范围未必完备,亦是缺点。合新知识与旧道德而一炉,冶之可造成世界第一等国,即可造成世界一种最优美之学风。其责任匪异人任,即在我女同胞身上。

数年前湖南之女学寥寥若晨星。周氏女塾开办虽早,然当初学生不过数十人。朱剑凡先生于此数年内苦心经营,几经挫折,卒至组织完全,内容日臻完善,从此实力进行,不特可为湖南之模范,且可为全国之模范。学生逐渐增加,已至四百,可称最盛。将来充分发达,即增至四千人,亦不见其多。兄弟希望朱先生忍耐办去,庶目的可达也。

至论女学之发达,固当首推欧洲,但欧洲之女子亦不过助男子办交际事件。夫男子对于国家当负责任,女子何独不然。此英国女子所以有参政权之剧争也。我国提倡女权者,必使学生减少虚荣心,从实际上用功,则将来之参政权可不争而自至,是在办学及求学者好自为之而已。

在明德学校欢迎会上的演说

1912 年 11 月 13 日

兄弟八年前担任明德学校教员。当时胡子靖先生、谭组安先生等主校事。开办之始,规模狭小,风潮甚恶,以今日之情形较之,相隔不啻天壤!今日承同事诸君暨全体学生雅意,开会欢迎,不胜感谢之至。

溯明德之历史言之,自创办以至今日,其间辛苦艰难之状,与革命风潮正复相同。兄弟离校以后,校中经济困难,教师难得,以及一切交涉之棘手,时有所闻。现在明德已完全成立,以兄弟观之,不独在湖南占优胜,南方一带亦不多见,盖此校与民国成立极有关系。如从前毕业生及诸讲师担当重任、奔走同事者,实繁有徒。兄弟在校时所抱宗旨,实未敢明白宣示。现在得有良好结果,固由学生程度之高,而亦诸讲师教育感化之力也。将来建设事业甚多,非有学问不可。在座诸君对于学堂,当与对于民国同一观念。有现在之规模,当谋以后之发达,将来大学之建设，即基于此。大凡一校之成立，非一人之力所能支持，有胡先生在外奔走经营，尤赖各教师及全体学生共担责任。现今民国为民立，此校亦系民立。一国学校之发达，当视民立学校之多少为转移。当胡先生创办此校时，其志愿恒欲与日本早稻田学校同一规模。但早稻田虽甚完善，然处于日本帝制之下，尚未能十分发展，而此校在民国有自由活泼之精神，又得诸讲师之教育及谭都督之辅助，将来之发达，当较早稻田而过之。今日得与诸君聚晤一堂，异常荣幸，兄弟无以为祝，但愿明德与民国同一发达。

在湖南商务总会欢迎会上的演说

1912 年 11 月 13 日

今日承商会欢迎,实深感谢。

此次民国成立虽借武力,其实商界之功不少。兄弟归湘以来,闻商界同胞对于光复湖南非常尽力。不仅光复后认筹巨款,且光复前商界诸君如李君达璋、文君经纬等,皆曾秘密天会,与闻光复事,此诚我湖南商界之光荣史。但兄弟对于商界将来希望尤大。兹就前途略为商榷之。

现我国不得谓有商业,此因农工不发达之故,而在湘为尤甚。别省人尚能旅居各省经商,唯湘人保守性重,足迹不出湖南。而商业因以不发达。然湘本农国,又富矿山,地位最居重要。将来商业上不得不有绝大之希望。但欲谋商业之发达,当务其大者远者。兄弟意见,以为商务总会须将各资本家合并拢来经营实业。盖资本分散,不能大举,进步上恒呈阻碍。外人挟其雄厚之资,合力经营,独登垄断,以攘我利。我们即须自己团结组织公司,以图抵制。

如湘中各属茶业，辰、沅木业，皆可集大公司经营者也。又现今输入之品，棉纱最占重要，湖南销行甚多，急宜设立公司纺造。湘中为产棉之地，能合资经营，不难抵制外货。

再银行一项。关于币制，币制不改良，银行不能发达。今政府已有改良之议矣。前此之钱业，即有资本一二百万者，亦归失败。此又须集资为大银行，湘、汉、沪各处皆可分立汇兑，必易发达。否则小钱业林立，资本不敷，无不归于失败。虽然此尚属将来事也。至现在市面恐慌，纸币充塞，现金不流通，沪、汉银价日见增高。湘中储金不多，纸币无限，适足惹起恐慌，又须沪、汉汇兑，所以吃亏。此非实行整理，由商会将现金收集，及设法取缔纸币不可。取缔之法，宜先调查多少，其现金相当者准其发行，否则筹资收回。此救济市面恐慌，商会应负完全责任者也。至增加现金之法，政府宜多铸铜角小银毫，以资流通，将来中央必用金本位，湘政府亦可用此法将银本位改定。如银一元值铜角百，一毫值十，不分高下，亦商界极便利之一事。虽于补水不无小亏，然如能行之湖南，行之各省，行之全国，则币制可齐一矣。此币制改良之本，甚望商会诸君有以整理之也。

又市场一项，须谋发达。湘为将来极交通地，若如现在则街道极狭，几至人不能来，门不得入，此应将市街改良。改良之法莫如从北门外地皮购置房屋，修筑马路，或将重要机关及剧园、茶馆渐渐移去，城中即将渐渐冷淡。或现在即将城壁拆去，以便改良商场，此亦要事。此后民国成立,一切须有民国气象,否则多此一番改革,不过政治上变动一番,于社会毫无影响。所以市街改良,甚望商会诸君担负责任。此第一事业也。

兄弟离乡甚久,于现今湘中情形多不熟悉,仍望各位指教。

在湖南光复同志会欢迎会上的演说

1912 年 11 月 13 日

今日为去岁湖南首义诸同志在此开会欢迎兄弟，兄弟对此实有无限光荣无限感触。

湖南光复，秩序井然，断非乌合，刘君、文君所说已足证明。但革命成功必赖军界，兄弟在东京时已认为唯一手段。故安徽、通城、广东之役皆从运动军队下手。虽屡起屡覆，而此种政策未稍变更。前年同盟会诸同志决议就广东起事，即派人分往各省运动。谭君人凤来湘，赖诸君子帮同联络，遂组成一军界革命团体。适广东失败，兄弟方虑湘中暴动损伤元气。继得湘中来电，始悉收束有方，未至炸裂，深为欣幸。武汉起义，外间亦有诋为乌合者，不知武汉亦有正式组织。初由谭君人凤、朱君震、孙君武、蒋君翊武、张君振武等秘密结合，运动军队。胡君瑛在狱中组织文学社，亦系与军界联络。其先本想八月十五起事，朱君震抵上海筹款，电约兄弟到武昌。兄弟因事牵掣，未果行。适孙君武手被炸伤，一切准备尚未齐全，遂改期至十五日。谭、朱两君往上海，满总督忽将机关发觉，四出拿人。蒋君翊武、蔡君汉卿等遂乘势起事。此中组织，当时在场者靡不知之。彼争权夺利之辈，虽欲贪天之功以为己有，而是非黑白终有不可磨灭者。

焦、陈革命厥功甚伟，肉体虽去，精神常在，我辈但当为焦、陈铸铜象表彰勋绩，使天下后世皆知焦、陈之为国捐躯，小必鳃鳃焉讲报复。而谋害焦、陈者，自然名誉日减，归于消灭。至郭孝成造诬诋毁，为反对党做走狗，此等无价值之著作，尤有不足与为计较者。今日开会在煤矿公司，可知诸君皆系功成身退，趋重实业，本此革命精神，从实业上做去。将来中华民国造成一个最富足最强盛的国家，兄弟对于诸君又有无穷之希望。

在湘潭普通全体欢迎会上的讲话

1912 年 11 月 15 日

此次革命,乃为同胞谋自由幸福。世界不平等之事极多,而其最不平等者莫如贫富阶级。贫者为牛马,而富者为主人翁。此事非极谋改革以求平等不可。其主义为何?即国民党党纲上所标之民生主义是也。民生主义之精义非劫富济贫之谓,乃欲使富者不致垄断,而贫者则有资本是也。鄙人莅潭时,沿途见小女尚在缠足,鄙人极不耐观。今欲积极改良,非用绝对的禁止令,与吸鸦片同一枪毙不可。

鄙人今夜尚有国民党演说。

在湘潭国民党支部欢迎会上的演说

1912 年 11 月 15 日

现在国民党为中国一大政党,所以由历史而产生,应时势之要求而出。本党前途,责任异常重大。现在国基未固,外人尚未承认。民国建设,政策异常繁多。就本党现状言之,所宜注重者有三事:一曰党规,二曰党德,三曰党略。

夫政党者,乃合最多数分子而成。党中则有政纲,认定政纲,然后入党。政纲犹旗帜然,略同军队主义。军队须讲服从,一党之人立于政纲之下,即犹一国之人同立于一旗帜之下,不可各有政见,互相攻击,宜绝对守其党规。党规者,乃谓对于本党有一定之规则也,职员、党员各有义务。现在办理选举之时,党员对于此次选举尤宜注意。盖此次选举为国民党开幕后第一次之选举。欲求政党之发达,必集地方之人才。如讲学问者为人才,能办事者亦为人才。此吾党所宜注意者。鄙人在日本时见其选举竞争异常激烈，有某党职员携两双皮鞋四处奔走演说，务必烂此两双皮鞋之功，以尽其本党演说之义务。则其负责任之能力亦可谓大矣。鄙人当时曾诘问是人，何以应如此竞争？其人谓："政党者为吾人之第二生命。故不惜奔走以期其能力之发达。"此皆能守党规者也。

第二党德。如须成一大政党，对于世界皆宜无稍偏私。不但对于一国，对于他党而始然也。故党员度量须异常恢宏，取用大同主义。对于国民无论如何反对，本党皆宜引为己咎，归罪于自己感化力之不强。凡与他党交接，皆宜同兄弟一样，彼此互相携手，以救国家。他党主张之善者，我党须赞同之，务使其能达目的；他党主张之不善者，我党亦须尽朋友规劝之义，使一般人民皆能信仰我党之德，则一言一动，皆为国民视线所注矣。又党员应有私德，民国百姓颇不易做。为党员者须牺牲自己一切以尽义务。日前美国举大总统时，长沙有一美国牧师，系卢斯福党。鄙人问："此次大总统选举当为何人所得？"牧师告余云："必为卢斯福。"正言论间，该牧师接到电报一函，报告此次选举已为威尔逊所得，牧师默然良久。鄙人乃问牧师曰："君始言必得卢斯福，而今乃为威尔逊者，何哉？"牧师对余曰："此电恐尚不确，徐听复音可包。"于此可知该牧师对于本党用心之诚，故尚以疑词对待选举威尔逊一事，而始终仍注意于卢斯福也。

第三党略。党略云者，即言党员须具有种种之魄力、之手段，以谋扩充其党务是也。国民党系由同盟会结合而成，其主义可断言为进步主义。凡一国而有两党，不可使两党之势力均趋于平均,则互相争势而事搁置不办矣。故必谋一党之扩充,以期实行其救国之种种政策。故欲其国之发达,须将政党发达。如设一轨道然,不使一般国民走入迷途,必使之群趋于此同一之轨道而后已。日本从前推例幕府,欲讲共和。后来不行,乃拥明治而为君主立宪。当时其国政党时有纷争。后来联络小党而成为极大之政友会,使一事发生,反对者居少数,赞成者居多。而其所主张救国之政策即可以活动矣。故日本近年以来开疆拓土,一战胜我,再战胜俄,皆政友会团体组织之能力为之也。此组织大党而尤赖有党略以促其进行者也。

凡此三者,皆为吾党党员应行研究之件,祈勉力为之。

在醴陵各界欢迎会上的演说

1912 年 11 月 17 日

今日承各团体、各机关欢迎,非常荣幸,感谢不尽。

吾人既造成伟大之民国,自必有伟大之事业,以图前途建设。凡为国民均负有一分子义务,极望大家努力,以巩固民国。若就狭义言之,醴邑交通便利,风气开通,为一省之冠。对于行政上、教育上、警务上种种设施,均成绩甚佳。以后尤望对于实业一方面极端进行。盖实业扩充,则国富。国富则国强。国既富强,则足以雄视东亚,堪为伟大之民国,此兄弟所最希望者也。

又,人民宜一方面有责任心,果人人能负责任,则事无不可为;一方面又宜有道德心,能崇尚道德,则能自中于法律之中,断不至溢出法律之外。凡伟大之国民无不尊重法律,为法律之自由,决不为野蛮之自由也。

兄弟所希望于诸君者甚巨,即所欲言者亦甚多。但因天微下雨,既劳诸君欢迎,又致诸君竚立雨中,且感且愧,是以姑言其大要如此。

在醴陵国民党支部欢迎会上的演说

1912年11月18日

兄弟今日承本党诸君开会欢迎，非常感谢。□是国民党应负何等责任，不可不知。

民国成立已由本党负完全责任，固为众所共知，至建设事业本党责任几与国家有存亡之关系。方今民国虽成立，各国尚未正式承认，各省之内政尚未达于圆满之地位。盖以外患频仍，如外蒙之梗化，西藏之待抚，东三省之隐忧，在在堪虞。此种问题须从内部解决。如我内部万众一心，团体坚固，外国自然承认。此等重大责任，我国民党党员应担负之。不容他诿也。

兄弟对于本党注意之点有三：

一、党规。一党有一党之政纲，一党有一党之规则，党员所共应遵守。盖组织政党几如部勒军队，军队须听命于主帅，政党须服从于本部。凡本部所发出之政见、政纲，诸君既加入本党，应当遵守。

二、党德。本党对于国家以国利民福为前提，只有义务心，绝无权利心。现在为本党应尽义务之时。而一切义务又须实心做到。

三、党略。凡行军者有兵略，如何布阵、如何攻坚，始能决胜。政党之方略亦与行军无异。

现在中国尚处危境，不宜多党。党派林立，意见纷歧，遇有重大问题发生，各树旗鼓，民国非常危险。就现势而论，国家须有一最大之党将中国弄好，近之数十年，远之数百年，立于不败之地，于国事始有济。就湖南而论，所有人才应当罗入本党。诸君试一设想：醴陵遇有问题发生，如其一致进行，醴事自然办好。如其意见歧出，一事都办不成。具以上三项资格，组织政党，则不患国家不强。诸君如能负此责任，对于党务实当热心。几有朋俦应当绍介入党，以共图国家之强。因现在选举期促，如本党放弃责任，则可毋庸过问，如以国家为前提，则应十分注意。选政口当伊始，本无旧轨之可循，须统筹全局，预计何者应当入选。盖当选举时有他党之竞争，并有本党之竞争。他党相争，犹不失为文明之竞争；至本党相持，则立于必败之地。试举一例言之：目前美国有国民、共和两党相争。美之共和党本胜于国民党，而共和党之塔虎脱、卢斯福两雄并峙，相持不下。后二人卒两败俱伤，而国民党之威尔逊因之获胜。此前车之可鉴也。

就醴陵而论，应当统筹全局：何人可当国会议员，何人可当参议院议员，大家一致进行，选举断不失败。如参议院议员刘君彦，学识甚优，再充斯选，殊为适当。国会为人民造福之枢纽，须具有资格能力者为之。醴陵如何君陶、肖君翼煜均堪负此重任。诸君须知此次选举纯以国家为前提，并非酬应亲故起见。团结一心，努力进行，则为醴陵之福，为湖南之福，亦即中华民国之福。

在安源煤矿公司及各团体欢迎会上的演说

1912 年 11 月 20 日

今日承安源煤矿公司及各团体同胞开欢迎会,非常荣幸,毋任感谢。

此次光复要旨有一民生主义,系随民族、民权而来。当提倡革命之初,即揭橥三民主义。首民族。因汉人被满人压抑已数百年,欲倾倒恶政府必先行种族革命,故主张民族。次民权。廿世纪来,君主专制不能生存世界,且不能谋人民之幸福。欲实行民主制度,必扩张民权,故主张民权。次民生。因世界经济与个人经济不能确定,决难立足于经济竞争之冲,故最后即主张民生。今民族、民权幸达目的,而民生政策方始着手,此众同胞应共负之责任也。

民生政策,无非使人得享自由幸福。但民生政策所包甚广,果以何者为前提,自必先从实业着手,实业又当从工业着手,工业当从矿务着手,矿务当从煤、铁二者着手。因二十世纪将成为煤铁世界,以煤铁之多寡代表其国力之强弱。今到会同胞均实业界、工业界重要人物,故兄弟具有无穷希望。

就中国言之,首以开平、安源为世界上甚有名誉之煤矿,输出煤额亦甚广。然开平虽为北省之冠,因办理不良,主权并未十分完足;且矿苗已将告罄,将来必移于滦州。若安源固为本省之宝库,发达未艾。创办不过十五年,即工程如此浩大,成绩如此优美,足证办事诸君之苦心毅力。盛宣怀虽尝主办此矿,然盛之为人大众皆知,在满清为国贼,在民国为民贼,但为个人谋私利,不为众人谋公益。且建筑布设、开支报告均出一人专制手腕,欺我同胞。办事诸君虽具种种苦心毅力,未免为盛所压抑。当鄂督张之洞创办钢铁厂于汉阳,以大冶之铁与萍乡之煤撮成一汉冶萍总公司。然不能十分发达,皆盛贼为之也。从根本上解决自不得不起而革命。以后宜极力扩广开发利源,成为一绝大公司。将来国家进化,用铁必多。美国每年用铁千万余吨,汉阳每年用铁仅千余吨。冶铁易于开采,萍矿尤宜扩张,煤铁既富,钢铁自易发展。盖欲扩张铁道及各种机械,虽再加数十万吨亦不敷用。但欲谋煤矿之发达,须并谋铁厂之发达,以扩张焦煤之销路。然至铁厂之十分发达后,则将来仅安源之煤亦不足以供给汉阳及各处制造厂之用。唯安源煤矿开采已十余年,总平巷煤层正旺,即有此绝大公司,一切小公司不宜再行发现,以扰夺其优先权。首宜破除省界,牺牲个人,合湖南、湖北、江西及全国资本家共谋发达此矿,不可企图私利而破坏公益。要使此矿为东南一大富源并促进国防上武器之发达。

今来此调查，无非欲知办事诸君之苦心毅力及欲联络各省以共图此矿之进行也。至安源现在规模，每日出煤二千余吨，未尽机器之力，必再进行，使由三千吨乃至万吨。大凡公司办好，必办事人与资本家联为一气，极端进取。如此地十五年前不过一荒山，为禽兽渊薮。今建设若此繁荣，公司虽略有损失，多数同胞均受其利。口盖办实业，虽资本家有损，劳动家决有益，况资本家亦未必有损乎！劳动家对于资本家必尽忠实义务，共力维持，否则己亦不能享有利益。安源再事扩充，必为东南一大富源。甚望办事诸君及工界同胞共负责任，力求改革，将弊端和盘托出，毋为盛氏一人谋私利，当为全国谋公益。倘有阻碍，兄弟甚愿效力。今承欢迎，谈及公司历史，似无当于盛意。但兄弟素主革命，凡事均宜从根本上改革，故不得不望改良与发达也。

再就世界言之。今日最富者，唯美国。美国之富，由于国民之发展。虽国债数倍于我，而实为世界最富国。当二百年前等于安源十五年前。因能先办铁路，次办矿业，故国势骤富。我国有如此人民，如此土地，如此资本、矿苗，相当于安源者当有十数处。甚望同胞竭全力办全国之矿，方能发达也。

唯办实业须有学问，必先提倡教育。如安源工界同胞，多携有子弟，失学者甚多，今宜多设小学校。外国工业繁盛之区，学校必愈林立。因团体必有工头，每人日捐数文，即可兴多数小学。此地独无小学，可为痛心。父母无不望子弟入学，特无校可入耳。使工人日出一文，所捐有限而收益无穷。纵少亦必办四五小学。再矿务学校亦望提倡恢复,收聪颖子弟,并令实地练习,专门研究。异日即可分担职务,甚望诸君为之。兄弟语重心长,一言以概括之,则必一致进行,乃为民国幸福也。

在萍乡各界欢迎会上的演说

1912年11月21日

今日承政、学、商各同胞、各政党开会欢迎,毋任感谢!兼秩序非常整齐,尤足钦佩。

民国成立,国民即为主人翁。在专制时,人民无责任。在民国时,则人民责任甚大也。现在内政、外交均颇困难。然欲战胜外交,当先整饬内政。内政为外交之根本。内政既理,不患外交之困难也。内政从何着手,则我国自古以农立国。今观萍乡森林异常繁荣,为东南各地之冠,是农业发达也。又工业如安源之煤、上竺岭之铁,矿脉均富,可为莫大之富源。二十世纪来,为煤铁世界,而萍乡独为煤铁渊薮。将来益事扩充,开发宝库,此责任望同胞共负之。且欲发达实业,须为全体谋公益,不可为个人谋私利。合全国之力,办全国之矿,资本既厚,成绩自佳。

从前开矿多用土法,十数丈后即被水淹。开平煤矿虽改用机器,资本尚不充足。安源煤亦须再求发达。铁矿采取，尤非绝大资本不能收效。萍乡有此特产，宜合全国资本家为之。凡办一矿，附近同胞均可沾其利益。即稍有损失，仍不失为利益，因资本家无论损益，总有益于劳动界也。

唯兴实业，须先研究实业之学问，故学校尚焉。既有普通知识，再游学外国，则实业界无不发达矣。异日交通便利，则更汉口、广东输送灵捷。从"富"字做到"强"字，皆同胞之任。此内政之宜注意者也。

但共和民国民气发扬过甚，自由平等几为口头禅，不知民国须为法治国。既称法治，则所谓自由当自出于法律之中。兄弟自勉，并望同胞勉之，成为最新国民。

在国民党上海交通部欢迎会上的演说[①]

1913年1月26日

兄弟此次由湘、汉到沪,调查一切政治状况与选举状况,大略与交通部所得相同。唯现今最重大者,乃民国宪法问题。盖此后吾民国于事实上,将演出何种政体,将来政治上之影响良恶如何,全视乎民国宪法如何始能断定。故民国宪法一问题,吾党万不能不出全力以研究之,务期以良好宪法,树立民国之根本。若夫宪法起草,拟由各政团先拟草案,将来由国会提出,于法理事实,均无不合。至于吾党自身,则当养成政党的智识道德,依政党政治之常轨,求达利国福民之目的,不可轻易主张急进,以违反政党进步之原则。本党于各省选举既占优势,亟宜讨论政见,主张一致,共谋平和稳健之进行,则本党幸甚,民国幸甚。

[①] 黄兴辞川汉粤铁路督办职,自汉口抵上海。本文为黄兴在国民党上海交通部欢迎会上的演讲。

在美洲中国国民党支部召开"二次革命"纪念大会上的演讲①

1914 年 7 月 15 日

今日美洲国民党支部开"二次革命"纪念大会，兄弟适漫游至此，得与男女诸同胞相见，荣幸何似！唯"二次革命"，鄙人身列其间，故今日愿将此事始末布告于诸君之前。唯诸君垂听焉。

今日之会，一所以纪念"二次革命"之先烈，二所以纪念"二次革命"之失败，三所以祝"三次革命"之成功。然而自"二次革命"失败以来，袁世凯目国民党为"乱党"矣，无智附和之者，亦目为乱党矣。今欲有所论述，不能不先从此点说破。

犹忆亡清时代广东辛亥三月二十九之役，黄花岗烈士七十余人，当未反正之初，清政府何尝不以"乱党"目之，

---

① 黄兴于 1914 年 7 月 15 日抵旧金山，适值此间召开"二次革命"纪念会。本文为黄兴在会上的演讲。

乃反正而后，各界开纪念会、开追悼会，有口皆碑，成目为烈士者何也？黄花岗七十余烈士，为人民谋幸福，反对清政府而死难，清政府故目之为"乱党"。今"二次革命"诸先烈，为人民争共和，反对袁政府，亦与黄花岗诸烈士同一心理，故袁政府亦不得不目之为"乱党"。夫以为人民谋幸福、争共和之英雄豪杰，竟为人诬为"乱党"，吾恐先烈九泉有知，不能瞑目矣。至于袁氏破坏民国之罪，罄竹难书，若将其颠末一一说出，虽尽一日之长，犹不能说尽。然不略举以相告，恐诸君不知也。

然吾今欲举袁氏罪恶，又不能不先举一要点以相告。此要点为何？即国民党之主张是也。国民党之主张为何？盖以人道主义自持者也，以建设完全政府为责任者也。当第一次革命初起之时，扬子江以南尽属革党势力，固不待言，即黄河以北，除河南、直隶两省势力略薄外，是全国已入于革党势力范围矣。而当时何以不直抵北京，作黄龙之痛饮？只以袁氏当时戴假面具赞成共和，吾人以革命之目的已达，加以吾党以人道自持，不忍再动干戈，至人民涂炭，故让总统于袁氏耳。然则吾人非为私图，久已表明于天下。今在座诸君，有国民党人，有未为国民党人而表同情于国民党者，有或未表同情于本党者。本党无论矣，敢问表同情于本党诸君，请问诸君良心，以"乱党"目国民党人，则诸君实自居于何等？

夫本党以国家为前提，而袁氏亦曰以国家为前提，其真伪善恶，似难别白，然其手段，其主张实与吾党不同。但此点恐在座诸君尚有所惑，请略为解释可乎？诸君乎！

我至亲至爱之诸君乎！试将南京政府吾党执政时各省所行政策，与今日袁党执政时各省所行政策一比例之，亦可明白，无须兄弟之喋喋。唯袁氏罪恶甚多，而其最甚者，可分作五类说之：一、弃灭人道；二、违背约法；三、破坏军纪；四、混乱财政；五、扰乱地方。

何谓人道？其最显浅者，譬有小孩子于此，人人对之，无不爱重之、保护之，而不凭其有危险，此即人道之见端也。然即此心理扩而充之，无论何时何地，当以待小孩子者待全国之人，其量乃广。再而充之，不独视一国如是，即视世界一般人类，下而及之一草一木，凡有生机者，亦当如是。此种心理，在座诸君人人所同具，设有残害小孩子，欺压小孩子，人人见之，皆谓之为弃灭人道，当为人所共弃也。今袁世凯最无人道，与匹夫匹妇置小孩子于最危险地位无异，而人反有恭颂之者，真可异矣。

夫袁氏弃灭人道之实据至多，今略举之。其一则残杀张振武、方维是也。此二人者，有功于第一次革命，袁氏诱之入京，假为宴会，即被逮捕，不待法庭审讯，仅借口于黎元洪电告，即加以"反叛民国"之罪名，星夜枪毙。此袁氏弃灭人道者一也。其二，不以明杀，而用暗杀。如广西都督沈秉塑，袁氏以其每不满意于彼，于是饵以内阁总理，诱至北京，密令私人于宴饮场中，置毒杀之。此袁氏弃灭人道者二也。其三，毒杀林述庆也。林为国民党老同志，首次革命至为有功。袁氏以其不满意于己，诱之入京，亦于宴饮中毒杀之。此袁氏弃灭人道者三也。

尤有甚者，去年党狱繁兴时代，民党人居留北京者，袁氏多方诛戮，乃尤以为未足，有一夕而暗杀数人，尸首不知所在者。是其对待民党手段，尤为令人难测。然袁氏尚以为不足以大伤民党之元气也，而购凶暗杀宋教仁之事又起矣。宋君主张政党内阁，当时与袁氏所主张者不同。袁氏去宋之谋益急，于是运用其金钱、其勋位，示意赵秉钧，先由赵指使洪述祖贿通应夔丞，由应夔丞转购武士英。当暗杀宋君时，兄弟在车站与宋君并肩而行，而凶徒突向宋君轰击，凶星骤至，凶手在逃。后用敏捷手腕，始将应夔丞、武士英拿获。而袁氏以此案发生时，恐事机不密，终至败露，即设计将应、武诸人，陆续置之死地，为灭口之计。唯赵秉钧一人尚知底细，赵不死终恐破案，故卒又置赵于死地而后已。其明杀暗杀之手段如此，亦可见袁氏之弃灭人道，无所不用其极也。

何谓违背约法？约法者，于宪法未成立之前，人人所当共同遵守者也。乃袁氏自攫得总统以来，假共和之名，行专制之实，其种种违法，不胜枚举。而其荦荦最著者，莫如制造勋位一事。盖共和国家，人民平等，由总统而官吏，均为人民公仆。只言职守，无所用勋位也。而袁氏为笼络人心计，为黄袍加身之预备，独有此天开之异想。此其违背约法者一。

次则私行设官。夫民国官职原有定额，而袁氏志在收服人心，位置私人，遂任意开辟宦途，别立名称。如总统府中，除顾问三千余员外，其他若各处之宣慰使、镇守使、镇抚使等等名目，不一而足。无论为君主为民主，皆中外各国所无，而袁氏独为之。此其违约法者二。

次则星夜借债。自宋案发生以后，以政府首善之地，为购凶暗杀之场。其时公愤在人，汹涌莫压，袁氏自知与民党有不两立之势，于是不俟议院通过，即星夜签押，与五国银团径借二千五百万镑，为对待民党之准备。当时国民党人张继、林森诸君以袁氏违法，不经两院通过，亲往银行阻止，而卒为袁氏势力所压制，志不得行。此为违背约法者三。

何谓破坏军纪？夫各国军队，所以保护人民，抗拒敌国，为对外计，非所以对内而杀戮国民也。而袁政府大谬不然者，当南京政府成立之后，南北议和，民党为人道计，冀免生民涂炭，举总统而让之袁氏。唯当时所要求于袁氏者，以迁都南京一事，最为要着。民党之意，实欲脱离满清关系，建立真正共和。讵袁氏为一己私人计，意以己之得力军队，遍布北方，若一旦脱离南下，势难稳固，无以遂其盘踞之志。故借部下军队以压制国民，指使彼辈在北京、天津一带，忽起变动，奸淫抢掠；复唆使心腹播散谣言，造成一种袁若南下难制军队之舆论，俾袁得所借口，其破坏军纪为何如耶？

然袁氏之破坏军纪，犹不止此。首次革命之后，南方各省民军虽陆续解散，然所留之劲旅尚多，且皆愤袁之专制，多有怀革命思想者。而各军又皆知守法，无由嫁祸，乃袁竟择其中一二不肖之军官，如暗令余鹤松运动江西、刘茂贞运动南京、黄和顺运动广东，务使军队自行变动，乃可施以解散，补以北兵。此其破坏军纪之尤者。至拱卫军前呼后拥，额逾数万，而均毫无军纪，等于袁家之仆役，以视孙中山总统南京时，卫兵不过数十，相去为何如耶？

混乱财政。财政者，国家之命脉也。国家保护人民，而后人民纳税于国家。故国家财政，即为一般人民之血汗，必有预算、决算以整理之，日求国家财政之丰裕，人民负担之减轻。若袁之于国家财政则不然，其对于交通银行，此为其黑幕最大者。盖交通部中铁路等类之款项，为交通起见，出入颇为利便，而袁则借之以滥发钞票至一亿之多。尤复大借外债，以为购买军队、贿买议员、笼络报馆，预为攫夺总统之需，几致全国财政支绌，而陷于破产地位。试问袁氏借此巨款，他日袁氏负清还之责，抑吾民共担此责任乎？愿诸君其一思之。虽然，国家贫乏，非不主张借款，苟借之以供开矿等等利民福国事业则可，借之以供私人之用则不可，其间最宜分别者耳。

扰害地方。袁世凯之在今日，人有谓之为大总统者，在吾人视之，实一大贼头耳。（众大鼓掌）盖袁氏果为总统，则宜如何保护地方，使吾民日臻安乐。乃袁氏莅任将三年，盗贼之劫掠也如何？军队之骚扰也又如何？是谁之咎欤？今阅各报，白狼之行踪，忽然而陕西，忽然而山东，所过之地，多被搅扰，是为吾民之大贼者，似不能不目白狼矣。不知为白狼之大贼头者，更有一袁世凯也。白狼河南人，与袁氏同乡，不过巡防营之哨官耳。袁氏因欲杀黎元洪之势力，因而沟通白狼，使之摇动湖北军队。同时更有九龙匪遍于长江一带，只为朱瑞、程德全等军所击散，故不成功。此外更有一共进会，即袁氏密令应夔丞等所组织，以扰乱南方各省之军队也。然亦旋举而旋仆，今所存者仅白狼一股耳。初时白狼本听袁氏指挥,彼因袁、黎已两相邀好,白狼已无用着之处,遂日疏白狼,白亦渐渐不听节制。迨后河南都督张镇芳召降白之部下头目数十人,不旋踵即置之死地,于是白狼大忿,持复仇主义,至有今日。若是,则袁氏以总统资格,而勾引土匪以贻害地方,其居心尚堪问耶?

袁氏有此种种罪恶,倘吾民犹不知起而反抗之,直可谓坐以待亡者耳。苟不欲亡国,则未有不群起而攻之者也。此所以素持和平主义之国民党,首先发难,而有此"二次革命"之举。然此不得已之战争,实袁氏迫成之耳。何以言之?当袁氏派兵到江西九江时,其军队故意愈迫愈近。如临大敌,大有攫击林虎所带军队之概。故,七月十二日,两军互击,即为"二次革命"之先声。兄弟此时知事已决裂,即到南京,被举为讨袁总司令。唯当时南京已非完全民党势力,仅江西、湖南、广东、安徽四省势力尚在耳。而广东又有江孔殷、梁士诒等走狗用金钱买通军队,亦不尽可靠。唯时尚在战争中,军事不容稍缓。然上海为南京咽喉,时陈其美力任攻沪制造局之责,死战而不得下,不得上海,则南京实不易为力。无何,湖口失败之消息又到,迫得在南京先开一军事会议,拟调南京健旅往援江西,而各军官多不主张,盖亦有故。因军人等已在疲倦之下,不宜再劳师于江西。故渐将军队退出,然后分兵或入广东,或过江西,以期互相响应。此南京不守,所以致此次失败之由也。且其时知大势已去,不宜再为负隅之计,以徒劳兵事,而致引起国民无穷之恶感,反不如留后来之地步,以做第三次革命工夫。此国民党之所以光明磊落，虽至失败，亦可以对国人者此也。

今日为第二次革命纪念会，兄弟经把"二次革命"之原因及其失败情形，略为诸君述之。至后日袁氏如何作恶，实在不能预测。唯诸君奋起精神，驱此妖魔。此非国民党一部分之事，实为全国人民应为之事也。诸君共勉之。

在旧金山民国公会宴会上的演讲

1914 年 7 月 16—22 日间

兄弟今日承洪门手足过爱,宠以盛会,兄弟自觉无限感谢。但兄弟以为今日能与洪门手足相叙一堂,是乃现今大总统袁世凯所赐。因袁不破坏民国,则兄弟恐无今日之机会,得与诸君把晤。唯通常人士,颇多只知袁世凯破坏民国,而于其奸险狡诈之实状,恐或未甚了了。兄弟今得此良好机会,敢述其种种阴险,如何欺骗革命党,如何欺骗国民,如何欺骗世界各国,为我洪门手足告,俾知所对待,想亦诸君所乐闻也。

袁世凯是何如人?前清之督抚也。其在前清戊戌年间,尝施其阴谋,欺骗保皇党首领康有为氏,至令康氏党人骈首菜市者六人。然因此袁遂得清西太后之宠眷,扶摇直上,官阶日隆。

然袁又不独对于朋友专以阴谋而取其利,即对于其至亲如母如弟,亦为其母其弟之所鄙弃也。其母程氏,名门淑德，读诗书，明大义。世凯少时，顾盼自喜，睥睨兄弟，又好赌博，结无赖，为乡党父老所不齿。壮成欲入仕，母制止之，盖知子莫若母也。其后卒为官吏，母犹谆谆告诫，勉以诚实做人，而责以忠君报国。而袁世凯之所为，乃无一不与帷训相反。其弟世彤，以其不遵母教，而欺君罔大，篡弑之迹，日益彰著，遂致书谏之。世凯不恤，世彤遂与之断绝往来。是其奸险狡诈，即一门之亲，亦不能相处矣。

袁虽得西太后宠眷，但仍恐一旦为人所疏，则不特禄位莫保，恐以自己如此行为，难保不有受上刑之一日。于是，袁又出其阴谋，贿通清宫宦者，日在太后面前揄扬袁氏之才，使太后无日不有"袁世凯"三字从耳朵经过。且使其深信，袁确有才干，而后宠乃不衰。盖清室制度，宦者不下数千人，其职位虽至卑贱，但日与君上相处，其权力至巨。世凯深知此中三昧，遂出其金钱，使三千余之宦官皆为其所用，其阴险有如此者。

袁一面邀好于西太后，而当时宠眷足与世凯相颉颃甚或驾乎其上者，尚有一人在，岑春煊是也。岑春煊者，前清督抚中之颇有才而亦有气节之士也。其宠眷既与袁世凯颉颃，而意见又与袁世凯龃龉，故袁之嫉之也如眼中钉、背中刺，不去不安。但岑既为西太后所宠眷，则以袁之权力，去岑亦非易事。于是，袁又出其阴谋，以离间岑于西太后。盖袁素知西后痛心疾首于康有为、梁启超辈，即暗中遣其私人，搜得康、梁之照片，使照相匠将岑之照片，拍于康、梁之照片上，成为三人合照之片。片成，阴令西太后最亲信之宦者，托为在外间拾得之物，转呈西后。西后不察，一见康、梁、岑同照一片，即疑岑二心于己，怒气上冲，遂日疏岑。岑之政权，且不旋踵而被夺矣。

袁之害岑也，其阴谋已遂，而袁之权力，亦愈伸张。但当时仍有足以制袁者，则庆亲王是也。盖庆亲王人虽庸懦，然为清室老臣，当国至久，西太后亦宠眷逾恒。苟庆、袁不能联络，则袁之野心终不能逞。于是，袁又出其阴谋，礼用庆王之酷爱黄白，即投其所好，间接直接使庆王之财路日觉发达，而庆王遂又入其彀中，一任袁世凯之舞弄，如傀儡然。袁之权力，遂一时无两矣。

当此时也，袁得西太后之宠眷，而庆王又受其笼络，朝政全在其掌中，尚何所求？然而，西后以风烛之年，宁有长生之术？一旦崩逝，则平昔最痛恨世凯之光绪帝，讵肯宽容世凯而不问其罪状乎？此则世凯所为日夕不安而不可语人之绝大事体者也。盖光绪之痛恨世凯，以世凯用种种阴谋离间其母子。如戊戌一案，竟至帝以尊贵之身，等于幽囚。深恐帝以少壮之年，尚有执政之日，则自身之危险，实在不可思议，遂乘皇帝之抱病，密向西后要求废帝，别立他人。时后虽与帝不睦，但此事关于国家至巨，且国际上亦有关碍，深恐轻举妄动，反为不美，故未加可否。袁知后意不从，愈生惶恐，遂又出其阴谋，贿赂其平昔最亲信之宦者，密将光绪毒死。然光绪虽死，西后究有母子之关系，至为痛悼。且默念袁之狠毒，亦万不意其至是，故当时颇有厌恶袁世凯之意。宫中宦者为袁世凯之心腹者甚多，窥知后意，密告世凯，世凯大怒，计无所出。然其狠心毒手，又跃跃动矣。于是更用重金，贿买西后之近身宦官，暗将西后毒死。故其时帝、后先后崩逝，事至离奇，外间虽略有所闻，然以事无证据，亦付之无可如何而已（当时保皇党纷纷电请杀袁世凯以谢天下）。

帝、后既死，宣统继立，载沣摄政。在其时世凯自以为亦莫予毒矣，讵知摄政载沣人虽庸愚，唯天性尚厚，深知其兄光绪帝之死，为袁氏所下毒，故日谋为兄复仇。然尚未发电，消息已为人泄出。袁氏闻知，其惶恐至难言状，迫得哀求驻京各公使为之缓颊。载沣以碍于各公使颜面，亦未尝明正典刑。袁氏经此而后，深知地位危险，三十六计，走为上计，遂具折托为足疾，借彰德为藏身处矣。

然袁氏当未辞职之先，其篡弑之心，尚欲一试也。是时兄弟寄留南京，有直隶总督杨士骧代表人来会，据称宫保此时地位颇觉危险，甚愿与革命党联合，把清室推翻，复我故国。兄弟当时曾答以袁君有此思想，诚为吾辈革命党人所赞同。但吾辈革命党人，原有一定之主张（其主张维何？即推翻满室后，施行共和民主政治，不再立君主于国内是也）。然代表人去后，终不见袁氏有些须举动。未几袁即辞职回籍，以意测之，或者因有为难之处，故不能动也。

袁氏既回河南原籍，在常人观之，多以为袁氏从此逍遥于山水间，了此余生矣。岂知袁之野心，固未尝一日息也。其回籍后，畜养死士至三四千人，广置田宅，即婢仆亦六七百人。彼其意以为今日虽被削政权，唯终有达其目的之一日，故招集无赖，预为他日之用。此亦其阴谋之一种也。然袁氏前此阴谋，虽屡施不一，唯向未施及于我革命党者。后此所述，则皆彼对于革命党之阴谋者也。

霹雳一声，武汉起义，声势之大，动地惊天。其时清廷帝后，寡识无能，羌不知措，彷徨无计。老臣庆王乃献议谓：非召袁世凯出山，不足以支持危局。彼载沣者，与袁氏虽不合，但当时因民军势大，存亡所关，遂允庆王之议。然袁氏被召，且却且前，最后提出要求条件，略谓：一、须授予军务全权；一、须授予财政全权；一、须授予开战议和全权；一、须授予用人全权。此等条件，袁氏之跋扈，真为千古所罕有。然清室帝、后迫于危亡，竟亦一一应允。而袁氏遂摇旗摇鼓，出而与民军抵抗矣。

民军当时之势力，不独长江以南各省已悉入于其手，黄河以北，如陕西、山西、甘肃、山东、东三省各处亦相继独立，所余者不过河南、直隶而已。且民气之盛，蓬蓬勃勃，莫可向迩。袁氏默察世势，知不可以取胜，于是又出其阴谋，以和议来相聒矣。当时南京政府，即为民军之首领，自思念民军之起义，无非欲推倒清室，今袁氏求和，声令清帝退位，是政权已归于我汉人之手，同心协力，建一真正共和的国家，事非大难，尚何所求而不成和，至我汉人互相残杀？此因其时袁氏之部下，亦皆汉人也。南京政府既本人道之观念，许其议和，则袁氏应守双方停战之约，磋商条件。顾袁氏一生行事，无所不用其阴谋，即无所不失其信用，竟一面与民军议和，一面将山、陕民军多方侵犯。南京政府闻报，函电诘问，至再至三，虽世凯答复，托为兵士不听节制之过，然实袁氏远交近攻之手段，可断言也。此为袁氏欺骗革命军之初步也。

迨和议已成，南北统一，双方所尚未妥惬者，只有建都地点之一大问题。盖在袁氏方面，则坚持仍以北京为首都；而在民军方面，则坚持应以南京为首都。后经临时参议院议决，主张南京。参议院解决此问题后，同日开临时大总统选举会，袁世凯当选为临时大总统，临时政府遂派遣专使蔡元培、汪精卫等欢迎袁来南京就职。世凯自知此事已为议院通过，殊无拒绝之理由。但无论如何，世凯有死不南下之意。此因彼辈久视北京为藏身窟穴，一旦他徙，则如蛇鼠之离巢，失其所恃。世凯存此一点隐衷，于是又施其阴谋，暗令北京兵队变乱，放火焚东安门外及前门外一带，火光烛天，土匪乘之，抢掠达旦，商民被害者数千家。蔡等所居之室，乱兵亦持枪而入，蔡等皆越墙而逃，始免于难。翌日，天津、保定之军队亦尤而效之。其残破之情状，较南方曾经战争之都会为甚。自是，袁世凯遂借口于北方军士之不服，外人生命财产寄在北京者不少，势难南下就职。蔡等无奈，后遂允许世凯在北京就职。而世凯欺骗革命党之阴谋，又进一步矣。

南北统一之政府成立，袁氏手握大柄，其专制之迹象虽随处流露，早为明眼人所窥破。但其时南方民军，虽经陆续遣散，势力仍异常坚厚。袁氏自知野心必有时而大露，革命军手造共和，宁肯坐视？一旦声罪致讨，何以抵敌？遂又出其阴谋，联络土匪，扰乱南方各省军队，俾可以派兵南下，厚其势力。至其联络土匪之事实，则今日横行数省之白狼，即其一也。

白狼，河南人，巡防营之哨官也。平日与地方之匪类，素有邀好,势力颇大。时袁氏与黎元洪尚未契合,于是暗令其表弟张镇芳以河南都督之名义,密授白狼以扰害湖北军队之机宜。白狼迷于利禄,慨然任之。自此黎元洪所辖之湖北地面,遂无宁日,人民困苦,无可言状。袁氏借口,而北兵于是入鄂境矣。同时暗派方某召集九龙匪应夔丞组织共进会,以扰乱大江以南各省。当时浙江都督朱瑞、江苏都督程德全不知个中窍要,颇以地方之治安为怀,遂竭力将九龙会匪、共进会匪次第平服。故今日此等匪类为患尚小,所余者仅白狼耳。盖袁利用白狼以扰乱湖北军队既告成功,复用种种方法,笼络黎元洪入其彀中,遂日与白狼疏阔。白之部下亦日横一日,渐扰及河南地方。都督张镇芳患之,不得已而招降白狼。白略觉袁、张食言而肥之伦,姑先着其心腹弟兄三四十人投诚镇芳。讵镇芳以若辈野性难驯,悉杀戮之。白狼大怒,遂率其部下,声言复仇。今日蹂躏各省,祸害闾阎,人皆知白狼之罪,而不知实袁氏之罪也。此亦袁氏欺骗革命军之一端也。

袁氏既用种种方法,将南方各省军队势力打消。然军队之势力虽日减,而国民党者,由同盟会改组而成,同盟会手创共和,为国人所信仰,势力之大,实足以监督袁氏而有余。此又袁氏视为喉中梗,不专不安者也。于是袁氏不特发其阴谋,且施其毒辣手段。沈秉坤者曾为广西都督,复充湘军总司令者也;林述庆者镇江军之总司令,当世之奇男子也。二君皆为吾党之重要人物,而每流露不满意袁氏之言。袁氏忌之,遂密遣其爪牙,一面与沈、林二君邀好,一面置毒于饮食之中,竟致沈、林二君先后中毒死。

此外尚有湖北同志数人，在京忽失所在。后查确为人暗杀，尸首不可复得，其事亦皆袁氏为之主谋也。然民党重要人物虽先后为袁氏暗杀，究之以民党之精神气魄，未易摇动。盖当时国民党之代理理事长宋教仁君，才具甚好，以一身斡旋其间，尚足以制袁氏之死命，故袁氏去宋之谋又生矣。语云：财神用事，有钱何所不为？于是袁氏密遣赵秉钧，由赵密结洪述祖，再由洪以三十万金、勋位等购通应夔丞，复由应买凶手武士英，乘宋附车往京，即在车站将宋杀死。越日，应、武二凶皆获。袁氏自知不了，即用厚金贿赂守凶犯者暗将武凶毒死以灭口。复星夜秘密签字，大借外债，金钱到手，而打消民党之毒谋，更日急一日矣。

夫民党手造共和，为国人所信仰，既如上述，袁氏欲打消之，谈何容易。虽先后暗杀民党重要的人物多人，然民党一日未消灭净尽，则袁氏未可以为所欲为也。于是袁氏即利用其借到之金钱，由交通银行发行一亿之钞票，收买国内外舆论之机关，一面为之歌功颂德，一面为之排斥民党，务使国人之对于民党，生出一种厌恶之意态。更用金钱收买民党以外之政党，或民党内之不肖党员，使之攻击民党之政策，自是民党遂四面受敌矣。然彼犹以为未足也，复制成一种舆论，加民党以"乱党"之名。又使其爪牙，诬指民党蓄谋为乱，于是彼即据之以为派兵南下之口实。民党被迫，进退维谷，仓促起事，不相结合，遂以致败。而世之昧者不知内容，反附和袁氏之言，以为民党真是乱党也。一犬吠形，百犬吠声，而民党即随其声以俱亡，可哀孰甚！

袁氏打消民党之目的既达，遂乘战胜之余威，行其愚民之毒计，解散国会，消灭自治，摧残教育，种种罪恶，无非欲促其帝业之成。其最显者，则议用旗制。查旗制乃君主之专有物，今袁氏既议用旗制，是当然以君主自居矣。

然袁氏虽事事仿行君主制度，何以不即将"大总统"三字毅然取消？此非袁氏不欲者也，有一最大原因在，盖关于国际问题。若在国内，则袁氏至于今日，已毫无疑虑矣。然国际问题，在袁氏最难解决者为美国。因美国为世界共和古国，又为首先承认中华民国之一人。既承认为中华民国，则一旦改为君主，当然不是民国。其时美国严词诘问，至难答复。此又因美国不愿世界再有君主国发现，愿中国建立一共和国家，为其东方之良友也。兄弟今尚记忆一事，当美国承认民国之初，有一美国人走来道贺，并询余知其道贺之意否，余茫然莫之所对。余之友人乃详细为余说明，略谓：美国人甚喜中国能建立民国，互相携手。然中国今日，亦号为民国矣。但在我美国人观察之，中华民国基础实未稳固。袁世凯君尚日向外交团运动，欲外交团不承认中国为民主国家，乃可达君主之目的。美国微闻其说，深恐中华民国之生命，绝于一旦，故特脱离各国之关系，先承认中华民国，其基础日益巩固，此余所以为君贺也，云云。由此以谈，则袁氏不遽取消"大总统"三字，全因于国际之阻碍，否则，我先烈出死力以制造之民国，并此"大总统"三字，亦不能存矣。然而袁氏虽不敢遽将"大总统"三字取消，究之今袁之权势、袁之专横、袁之举动，较于君主有过之无不及。想诸君亦有所闻。唯诸君须知：现世界尚可以帝制为治乎？我先烈流血断头，然后造成共和，宁忍坐视袁氏之推翻乎？吾知诸君必不尔尔。故望诸君同心合力，拥护共和，将袁氏驱除，中国前途，庶有豸耳。

在屋仑华侨欢迎会上的演讲

1914年7月26日

兄弟今日获睹在座诸男女同胞颜色,光荣无似!然何以获此机会,则兄弟一言以蔽之曰:祖国政治之不良也。祖国政治苟有良好之现象,则人民生计必日较丰裕,何必涉万里重洋,离父母,抛妻子,受人侮辱,而低头篱下以讨生活乎?然使诸君不因政治恶劣漂流至此,则不能有今日之会也。然使中国自第一次革命而后,政治即日臻于良好,则兄弟亦未必得与诸君在此把晤,而今日之会,亦未易得也。然则今日之大会,谓为受不良政治之所赐,孰不谓然?

夫政治不良,人民有改革之责任,西哲所谓革不良政治之命,被治者之天职是也。然满清时代,政治恶劣,莫可言状,于是有武昌之革命。彼论者每谓此次之革命,仅为种族之革命。岂知所谓种族革命者,乃革命之一种手段。而革命党人之主张,则推倒满清之后,建设一完全共和国家，以实施其平民之政治，然当含有革命之性质者也。夫既欲求政治之良好，而后出死力奔赴革命，乃今于革命之后，而政治之恶劣竟较甚于未革命之前，则孰非人类，而谓能与之终古乎？此第二次革命所由起，即完全谓之为政治革命者也。然政治者，死物也。美恶皆非自身所能发生者，必有人焉，助成其为美也，或为恶也。此其理至浅显。中国今日政治之恶劣，助成之者果谁乎？想不必兄弟说出，在座诸君当亦皆知袁世凯之罪也。然袁世凯之种种罪恶，兄弟在金山大埠各团体演说时，经多次说过。此间与大埠相隔不过一水，诸君或多有闻之矣，兄弟不复赘述。但兄弟先已对诸君提出一语曰：革不良政治之命，为被治者之天职。彼今日中国政治之不良，当为诸君所共认。然则起而革命，宁非诸君之天职者乎？兄弟不敏，谨分为两题，一曰应乎时，一曰顺乎人，略为诸兄弟说明之，俾诸君知革命诚不容稍缓，而生其决心也。斯则兄弟立言之微意欤？

一、应乎时

（甲）中国人第一次改革之后，已如大梦之初醒，今不能复用压力相加，可断言也。盖建造国家，如建屋然，残破不堪适居，不能不设法改造，务期基础稳固，窗户通明，乃可谓之为一良好房屋。国家亦犹是也。前者以满清治理国家，残破不可言状，然后起而改革，乃袁氏竟反乎人之所好，政治之黑暗，外交之失败，较满清时代为甚。彼国民初醒之精神，岂能任其侮弄，而不再出死力以求一良好之国家乎？此政治革命为应乎时者一也。

（乙）二十世纪为民权发达之时代。故立国于世界上，无论为民主立宪，为君主立宪，民权蓬勃，无可压抑，论者谓将无复君主之存在。盖大势所趋，人人皆知共和为最良之政体也。故各国人民政治之思想，必不甘屈服于政府专制之下，虽至革命流血，起而与专制政府抗，亦所不惜。近年以来，各国革命风云弥漫于世界，大都为政治问题而起。我国名为共和，乃袁世凯所行暴政，犹甚于专制君主，解散国会，消灭约法，不伦不类之共和，不独为各国所讥笑，亦断无存立于世界之理。今日国民为政治竞争，实感受世界之思潮，有不然而然者也。此政治革命为应乎时者二也。

（丙）立国于大地之上，无论千百数十，弱肉强食，今未能免。世界上一等之强国，如英、美、德、日、法、俄是也。中国现列为四等国，为列强所欺侮，瓜分中国之说，喧腾于耳鼓久矣，皆由国力衰弱，不足以保护也。中国欲立足于世界上，非改良政治，曷由致强以图存？若长此不变，国势愈弱愈下，吾恐二三十年后，有国亡种灭之祸。列强之亡人国，除用武力占据土地外，又有一种经济政策，即借款与其国，债重无还，监督其财政，吞灭其国土，所谓借债亡国如埃及是也。中国地大物博，尚非极贫之国，但因政治不良，人民不信赖恶劣之政府，不敢投资本以营实业，此大可惜者。今袁世凯执政以来，并无整理政治，振兴利权，唯以借债为第一之政策，两千五百万镑大借款，不数月而挥霍已尽。此外小借款不知凡几。授外人监督财政之权，恐中国破产在即，将蹈埃及亡国之覆辙，国亡而种亦灭，言之能不痛心？我们同胞，均为国民之一分子，岂忍令中国亡于袁世凯之手？吾知其必不谓然也。此政治革命为应乎时者三也。

（丁）中国数千年来专制为政，至社会成一种不平之阶级，贵贱悬殊，人民受害无穷。自南京政府成立后，倒专制而立共和，革命党所持之政策，欲达平民政治之目的，于是先将贵贱之阶级破除之。袁世凯执政后，极力扩张官权，压制民权，复行大人、老爷之名称，与满清时代无异。所谓官僚政治，以少数人之自私自利，而剥夺大多数人之幸福。其施行此种政策，不过欲达到朕即国家之目的而已，毫无利国福民之意。革命党之反抗袁氏，为大多数人谋幸福，必要推翻官僚政治，而后有平民政治之出现，想亦现世纪人民所欢迎者也。此政治革命应乎时者四也。

二、顺乎人

（子）天赋人权之说，为欧美学者所主张。人权者，即人类自由平等之权能也。世界人类，无论黑白，均欲恢复固有之自由权。美国离英独立宣言，以力争人民自由而流血；法国大革命人权宣言，为扫专制回复民权之铁证。诚以人民被治于法治国之下，得享受法律之自由；人民被治于专制政府之下，生杀由一人之喜怒，无所谓法律，人民之生命财产，无法律正当之保护，民权亦从此泯绝。故共和立宪政体，以保障民权为前提。南京政府颁布约法，中华民国人民有身体居住之自由，信教之自由，言论出版之自由，此法律保障人民自由之特权。袁世凯推翻共和，将临时约法全行打消，以达其专制魔皇之目的，封禁报馆，摧残舆论，纵兵搜掠，草菅人命，种种残酷，弄成民国为无法律之国。民权蹂躏至于此极！压力愈重，则反动力愈猛。此政治革命为顺乎人者一也。

（丑）共和立宪之根基，全在于地方自治。地方不能自治，则人民爱国心必因之而薄弱，社会即无文明事业之进步，国家政治亦无发达之希望。南京政府拟采地方分权制度，欲使各省实行自治制，养成国民自治之能力，发挥共和活泼之精神，采法、美制度为模范。今袁世凯厉行专制政策，将省议会、县议会、地方自治会以暴令概行解散，反不如满清专制时代尚有咨议局、地方自治会之虚设，上无道揆，下无法守，而国亡无日矣。今欲巩固共和国基，回复人民自治之权，势不能不排除专制之袁世凯。此政治革命为顺乎人者二也。

（寅）国家之富强在于民智，民智之增进在于教育。今日国与国争，有教育则为文明国，无教育则为野蛮国，野蛮必被征服于文明，固世界竞争公例也。是故立国之基本，以振兴教育为急务。教育普及，而后人民智识日进，文明之程度日高，始能立足于国竞之旋涡中。今袁世凯极端专制，反视国民教育为仇物，所有全国小学堂停废，外国留学生学费裁撤，以致中国变为无教育之国，外人目为野蛮，恐自此民智日塞，国脉断绝，将有亡国灭种之痛，沉沦万劫而不复。袁世凯之废尽教育，利用愚民政策，以谋子孙万世帝王之业，其苛暴之政治，无异秦始皇之焚书坑儒，以愚黔首，视天下为袁家物，阴谋之狡毒，有如此者。要之秦始皇之暴戾专制，适足促二世之亡。袁世凯之威力不及秦始，乃行愚民政策，实则自杀政策而已。天怒人怨，罪恶贯盈，民贼必有授首之日。此政治革命为顺乎人者三也。

以上三者，是今日谋政治上之革命，当无疑义。然究非空言可以收其效，一乃心，同乃德，古人所谓众志可以成城，斯兄弟聒絮之余，而不能不有所勖于诸君者也。

在驻沪国会议员欢迎会上的答谢词

1916 年 7 月 10 日

今日与两院诸公集会一堂,不胜欣喜,又不觉有无限忧虑。欣喜者,袁贼造逆,暴力横满全国,非法解散国会,诸公被抑于专制之下,千辛万苦,出死入生,以致得有今日之会谈。兄弟流亡于外,由日至美时,与他邦政治家、各新闻记者接谈,每述袁攫总统时,以重兵包围议会,民党势力已将就消灭,国会议员奋斗场之内,由旦达夜,硬不选举。袁世凯以兵阻禁国会门前,议员不得出,饥饿竟日,决选至三次,始得选出。此其中华民国历史上最有光荣之事,亦可见国会议员有坚固不拔之精神,中国虽衰,不可侮也。兄弟闻此言,以为吾国必不可亡,袁逆必败。诸公履艰茹苦,为国勤劳,其近因固在同心戮力倡导之功,其远因实兆于前此奋斗之一日,即此可见正义可恃,公道不亡。忧虑者,以袁逆虽受天诛,祸首尚逍遥法外。千钧一发之时,诸公负责至重。三年以来,人心风俗,国家纪纲，败坏已达极点，一时救拔，殊不易易。

今日政治进行方法，可以"官""民"二字为标准。凡官僚中腐败而恶劣者，当极力澄清之。民党处今日情势，当互相亲爱，决不可彼离此贰。今日尚未制定颁布，政党颇不易运用。加以民国成立以来，各党受袁世凯离间操纵之痛苦，一时名流鉴于前事，盛倡不党之说。兄弟敢不谓然？今日谋政治之进行，固不可以党为界限，然精神当有直捷之觉悟。凡一国民权被制于恶劣官僚者，其国必危弱；民权伸张，官邪扫荡，其国必强盛。望诸公本前次奋斗之精神，引国家于轨道，不为利动，不为威劫。兄弟不敏，愿竭诚尽愚，以随诸公之后。今举杯为诸公寿，并祝中华民国万岁。

在欢送驻沪国会议员北上大会上的演讲

1916 年 7 月 13 日

自癸丑失败,国会解散后,鄙人以为自此以往与诸君相见之事,几成绝望。何幸天祚吾人,犹得与诸先生重集一堂。居今思昔,不禁感慨系之矣。今国会行将开会,诸君不日北上,不可无一言以相赠。兹特略述鄙人对于国会诸君之所欲言者,诸君其留意焉。

夫此次政变,简单言之,乃新势力与旧势力之争,官僚派与民党之争。然使混言之,曰新,曰旧,曰官僚,曰民党,则犹有未尽。盖新派与民党不必皆善,而旧派与官僚亦未必尽恶。故以正确之义言之,实正义派与非正义派之争也。旧派与官僚,换言之,即非正义派。至袁世凯未称帝以前,热焰熏天,目无民意,以中国之大,几无新派与真民党容身之所,可悲孰甚?幸正义不没,民权获伸,袁逆自毙,帝孽潜逃,可谓正义派战胜非正义派之第一幕。虽然,邪正不幸并立,正义派苟不团结一致,则非正义派之势力，不唯不能打消，反将乘隙潜进，死灰复燃，国家前途仍有可虑。鄙人今以至诚挚之意，切望凡属于正义派之人，宜结合为一，进而推之于前，以为国内势力之中坚，不致使非正义派仍有恢复旧势力之一日，则吾国前途其庶几矣。尝念此次举义以来，从前政党竞争全归乌有，悉进而集于正义之下，此为一极可庆之现象。但党派在今日虽不可有。然须将官党、民党的界限，分别得清清楚楚，不可有丝毫的蒙混。对于官党则排斥之，对于民党则结合之。今日诸君北上就职，甚望诸君此后不树形式上之党别，而为精神上之结合，此鄙人之第一希望也。

癸丑之时，凡官僚派人，动以"捣乱"二字讥弹国会，国民不察，亦往往附和之，此至可慨叹者也。彼等之意，谓因有国会自身之捣乱，而后有袁氏之解散国会。然平心论之，国会并非捣乱，真捣乱实为袁世凯也。夫国会对于国家负有重大之责任，当此袁氏行政屡屡违法，国会之据法相争，正所以尽其职守。不过议员之争民权、抗暴力，自野心者官僚派无识之人方面观之，遂见而为捣乱耳。故求国会之能尽其职任，不患其为正当之捣乱，而患其与暴力政府之捣乱噤若寒蝉耳。平心论之，先有袁氏之违法，而后有国会之抵抗，而有非法之解散，故袁氏之违法为因，即国会之抵抗为果。今若曰国会捣乱，而后袁氏违法，不通之论也。今者诸君又将行使职权矣，所望仍尊重责任之观念，勿轻背神圣之职守，即不幸有与行政部争执之事，亦视为职守之当然。吾意国民今日经此大教训后，断不致仍任非正义派人复以捣乱之名词加之诸君，是望诸君勉之者也。虽然，癸丑之冲突，全以袁世凯一人之故，今总统黎公平和坦直，为诚心欢迎国会之人，以诸君之爱国，总统之忠诚，吾信此次开会后，国会与政府必能十分融洽，断不至复有癸丑之事。前言云云，所以察是非之真，明责任之辨，而非有疑于今日之政府者也。

鄙人尚有希望于诸君者，即此后对于借款问题须特加注意是也。今人往往有一种谬论，谓袁氏实为强有力之人，谓中国非袁氏不能维持。今袁氏虽死，而误此论者尚属不少。实则平心论之，袁氏何尝有真正能力。癸丑之役，彼之所以成功者，唯赖有二千五百万镑耳。及金钱既尽，能力全销。故袁氏之能力，不外金钱之能力也。鄙人因袁氏之先例，知金钱为物，足以启野心者之图谋不轨，甚望国会开后，对于借款问题特加注意。然此并非谓借款绝对不可为也，亦非对于今日之北京当局有戒心也，亦以促国人之注意，勿令非正义之人更得借金钱之能力，行政治之罪恶，此则区区之微意矣。

犹有言之，自袁氏盗国，酿成战祸，于是一般国民对于今后之国家，犹有惧逆党之复活者，此实过虑之论也。夫经此次义战，共和制度在中国亦证明为真理，而自世界观之，民主潮流日益普遍，君主制已成为过去之废物，吾国今后断不容再有第二阴谋出现。兹所望于诸君者，唯对于共和政治之前途为积极之建设，而不必更鳃鳃焉以预防帝制为事，或生无谓之风潮。前途方长，唯诸君勉之而已。

在广东省驻沪国会议员茶话会上的演讲

1916 年 7 月 15 日

国民今尚在知识幼稚时代,固知专制之害民,尚未知共和之福民;固知维持共和之必要,尚未知官僚政治之未除。欲与之以觉悟,实赖言论界负有觉后之责者。约法为吾国共和政体之根本法。此次流血半天下,所争者只此。袁世凯死,吾国民声嘶力竭以请于政府,而政府既服从民意,恢复约法,今乃尚有全无心肝、反对约法之恢复者,此言论界所不可不注意者一。自袁世凯捏造民意而后,彼第二等野心家逞其辩口谲词,犹欲本其开明专制之抱负,申谬说于国中,此言论界所不可不注意者二。

顾吾今日欲有贡献于两院诸君者,中国军队纯统治于私人,以私人之军队,而加以国防军之外鞟,无知识无学问,宜乎为私人所利用。然则将因是而尽废之乎?则又不然。军队之罪恶不在军队之自身,而在政府之不能厉行国民军教育。何则?吾国生产力之薄弱,军费之不能得大宗供给，此为事实上无可免者。自欧战开始而后，战线之军队动以百万、数百万计，是非仅各国军队之发达，乃其生产力充足，故养此巨额军队而有余耳。以吾国现在之生产力论，实无此养育巨额军队之能力，故今后宜注意于军事的国民教育，自小学以上，于普通教科中加入军事教育，则国中多一就学之儿童，即多一曾受军事教育之国民。一旦有事，征集令朝下，夕可得国民军在千万以上。此为军事上之改革，朴素抱而未发。两院诸君此去，对于军事的国民教育，宜注意及之。

唯欲提倡军事的国民教育，当先提倡国民教育。今国内之教育状态如何乎？仆曩在乡里，百里以内有小学四十余，取诸公款者为多。不及三年，闻所存不及七八所，资以办学之经费，皆消纳于筹备帝制及抵抗民军中。用知政治不改良，必无教育发达之望。而吾所谓军事的国民教育，尤将等于梦呓矣。孙先生顷言衣食住为政府对于国民施政之主旨，无适应之教育，则"衣、食、住"三字仍不易平均。何则？中国之所以穷，穷在贫富不均耳。欲均贫富，当令全国人民无一不有谋生之智能。欲全国之人民有谋生之智能，非普及教育不可。美国现在多有形似教育捐之一法，凡有恒产而具瞻济教育之能力者，无不奔赴于提倡教育之旗帜之下，是则仆于两院诸君以外深望国民者。

在上海报界茶话会上的演讲

1916 年 7 月 22 日

兄弟参与盛会，无任荣幸。顷主席所言，报馆、国会同为忧患余生。此言非常沉痛。顷聆马君武所言，尤有感动。自民国成立以来，报馆、国会同为瓦格纳意之机关，在国中非常尊重，不可不就往事以勉将来。昔日之国会、报馆，因随世界潮流，为有党之结合，不免互相误会，舍政见而为私争，不商榷大计而攻击个人。今往事已矣，重振旗鼓，脱专利之束缚，以建共和民国，当一本良心之主张，以谋国是，尽舍私见而谋国政，此实第一要义也。天下事，作始者简，将毕者巨。袁之为帝亦由渐而来，始将一切巩固民权之政次第推翻，然后将"大总统"三字易为"大皇帝"。自其解散国会以后，报馆亦莫能倡言攻击。若早防微杜渐，舍去私争，当不致有此。今中国已渐开攻击之旧，唯当舍私见而谋公众，官僚党固所必除，民党亦当共图结合；否则，其结果想更不如辛亥。盖前有袁逆一人为众矢之的，得以激起国人公愤。今后若合多数官僚，供共和美名，陷为盘踞，则永无廓清之日，此不可不亟为省悟者也。数月前之《亚细亚报》，今已死矣，今后愿不再有变相之《亚细亚报》。更愿国会议员，亦本其良心以救国，此实吾人之天职所当然者也。

附录

与李贻燕等的谈话

1912 年 5 月

我革命的动机,是在少时阅读太平天国杂史而起。又眼见鞑虏政治腐败,纲纪不修,官可钱买,政以贿成,而一般狗官吏又在在虐民以逞,剥民刮地,舞弊营私,无恶不作,盗贼横行,饥馑交侵,民不聊生,对外交涉,着着失败,而那拉氏又竟发为宁与朋友、不给家奴的谬说,瓜分之祸,迫于眉睫,外人不以人类视我,益坚我革命的决心。但是又看到太平天国自金田起义之后,起初他们的弟兄颇知共济,故能席卷湖广,开基金陵。不幸得很,后来因为他们弟兄有了私心,互争权势,自相残杀,以致功败垂成。我读史至此,不觉气愤腾胸,为之顿足三叹。因此我决心革命的当时,就留意于此。我当时联络的弟兄,以两湖等处的会党为多。这些的弟兄,大半是承太平天国余绪的后人,我联络他们,首先引这事为鉴戒。告诉他们说:

我们当革命党,一要服从首领,二要弟兄们同生死,共患难,有福不享,有祸同当,不能有丝毫私意、私见、私利、私图。我取名"轸"字,就是前车既覆、来轸方遒的意思。也就是我们革命党弟兄,不要再蹈太平天国兄弟覆辙的革命要件。

和俄国外交官的谈话摘要（一）

1912 年 6 月 21 日

1912 年 6 月前后，由于袁世凯的篡权专制，对革命党人步步进逼，国内发生动荡，黄兴等人颇有预见地对形势做了分析。同盟会的某些领导人都看出来，国家机器的主要杠杆都掌握在敌视共和国的人手里，这方面值得注意的是黄兴在 1912 年 6 月 21 日和俄国外交官沃兹涅先斯基的一次谈话中对有关国内形势的分析。黄兴感到不可避免会出现新动乱。（贝洛夫：《1911—1913 年的中国革命》）他说：

并不是由于财政困难，也不是由于仓促地把军队遣散，而是另外带有原则性的、完全出自政治方面的原因。

从革命成功之日起，在共和派里面，就是说在政府、军队和行政机关的现有成员当中，混进了异己者，甚至是新制度的敌对分子。

我个人认为，可能当我感觉到革命组织者内部不够统一和团结时，这个问题就存在了。这些人以为是时候了，可以慢慢地、小心地把国家机器转向，使我们走回头路，打着共和国的旗号恢复旧制度，照旧专横地、不受监督地任用某些人，照样卖国。起初仿佛出乎意外地振作起来的中国，整个国家生活在最近两个月内就悄悄地偃旗息鼓了。今后怎么办？如何以自己的力量来挽救祖国？对这样普通的问题有人不去理会，而忽然对伟大的民族提出这样一些问题：官员要穿什么样的服装？如何用欧洲的借款来给官员支付薪俸？

新生共和国最危险之所在，会使她在人民心目中威信扫地。

和俄国外交官的谈话摘要（二）

1912 年夏

当国内普遍地看到旧制度已穷途末路（这是去年 11 月前后），少数清兵不管怎样挣扎已无法阻挡事物的自然趋势之时，清朝的大臣们就接二连三地开始转向共和国一边来了。他们纷纷背弃自己的政府。这类大臣的大多数都是行将就木的人了。我以为，他们只有一个想法，那就是不要断了自己的生财之道。一些比较薄情寡义的人，打算勉强顺从新制度，把自己衙门上边"大清"这两个字抹掉，照旧当官；而另一些死心塌地和沽名钓誉的人，则希望凭借他们的统治经验，在不久的将来把新潮流扭回到旧轨道。

……不要这些外国借款，我们也过得去。因为，这些借款会使中国受外国银行家的束缚。在他们的眼里，我们不过是永远供人驱使的牛马。

只要你们靠金钱来奴役我们，你们自己迟早将会把千百万群众教育过来，到时，他们就会把每个外国人都看作是粗暴的剥削者、高利贷者，这些人在金融方面的霸道行为，比异族统治还要难于忍受。我不愿预言，更怕成为预言家。但是，你们伙同那些只顾发财的目光短浅的银行家，你们把钱借给我们，那就是要酝酿第二次更可怕的义和团起义。到那时，绝不要抱怨政府恶意煽动老百姓。

和余焕东的谈话[①]

1912 年 11 月 15 日

为现时计,唯从实业入手为第一之方法。而在湖南言,实业又以矿为第一。以余所见,办矿纵失利,亦归政府担任之,而人民仍然得其利益也。况必无全然失利者乎?就现在湖南已出之矿而论,如水口山之黑砂、平江之金及各处之锑,应于现时计划清楚,应图若何之资,努力进行。而江华之锡矿属于大同公司者,尤予所注意,望湘人合力图资者也。且余等所主张之实业,不取个人主义,且非仅为一地方谋利益,实为全国家谋利益,所以计划不可不审慎,而规模不可不宏远。

[①] 黄兴回湘后,颇注意兴办实业。工商部派赴湖南查办汉冶萍公司的余焕东走访黄兴征询意见,黄兴做了这次谈话。

在檀香山与美国新闻记者谈话[①]

1914 年 7 月 9 日

我们将奋斗到底,使中国成为一个实至名归的共和国,让人民享有和美国公民同样充分的自由。目前中国的情况比满清统治时期更为险恶。民脂民膏被用来压制言论,雇用刺客,贿赂军队,以消灭那些反抗新暴政的人。为了自由,我们将奋斗到底。

……

此行的目的不是筹款,而是要让世人了解中国目前的真实情况。本人直接奉孙先生之命向美国转达他的意见,我们认为美国公民必须知道真相。我们将美国列为第一站,是因为我们自美国获得自由的观念,同时首先承认我们新共和国的也是美国。我们现在又要做第二次革命,欲达到

---

① 1914 年 7 月,黄兴由日本乘登岳轮赴美,7 月 9 日船泊檀香山,《太平洋商业广告人》(*The Pacific Commercial · Advertiser*)记者登轮采访,黄兴发表了本篇谈话。

目的，当然非钱不可。但钱不是当务之急，因为一旦海外爱国之士明了真相，钱便不成问题。

袁世凯花钱制造谎言，隐瞒其政府与中国现况的真相，几乎所有外人在华设立的报纸和外国通讯员都有津贴，以致大家无法明了自由在我国被扼杀的情形。而孙先生在世人面前被诬为自私自利、贪赃枉法、卷款潜逃，这些都是谎言。袁世凯更下令制造另一项谎言，说"白狼"与革命党勾结，掠夺残杀，为革命党谋利。"白狼"和我们可没有丝毫关系。

在中国颁布的新宪法，绝非共和政体的宪法。由于袁世凯及其党羽每天都违反新宪法中所载各项，致"宪法"二字之真义已荡然无存。全国各地的人民未经审判而被处决，只要涉嫌有革命思想，便足以处死。最近南京有五百名陆军，被认为对袁世凯不忠，均遭处决。刺袁事件到处都有，人民甚至不敢私语，不敢说出他们对推翻满清之后的失望。

如果人民有武器，将会群起而攻，立刻将袁世凯赶出北京。然而他们手无寸铁，也没有钱买武器，只好顺从。但人民必获最后胜利。中国人知道自由的真谛。这种认识将使大家仇恨暴政，一旦时机成熟，必会揭竿而起。

与美国《旧金山年报》记者谈话（节录）

1914 年 7 月 15 日

此次来美的目的，乃在研究美国的政治现势与政府制度，以备将来为中国更大的服务。（他）否认来美鼓励华侨反袁以及筹款革命的谣言。承认与袁世凯立于敌对地位，并将计划重新建立一个新政府。

袁世凯继孙逸仙为临时总统后，即有帝制自为的野心。他是利用虚伪的承诺骗取了今日的地位，他用所有的方法来表明重视共和，但却把自己形成绝对独裁的地位。袁世凯是绝对不会成功的。因为在有思想的中国人的脑海中，仍然充满了强烈的共和意识，对于袁世凯以及任何人想做皇帝，他们绝不会长久的缄默不言。而且这种高涨的情绪并非仅限于南方各省，在北方的山西、陕西，军队已正在动员中。袁世凯并不是一个"强人"，他仅是一个专制的、狂妄的、叛国的独裁者，他为了他自己及其戚友攫取权力与财富而无所不为。

与梅培的谈话①

1914年10月5日

吾非反对孙先生,吾实要求孙先生耳。吾重之爱之,然后有今日之要求。吾知党人亦莫不仰重孙先生,尊之为吾党首领。但为此不妥之章程,未免有些意见不合处。故吾党中分裂,于孙先生名誉有碍,党务亦因而不能统一,于国家前途亦有莫大关系。且吾知此新章之不能改者,原非孙先生之把持,实为三五人所梗耳。何以见之?章程拟稿时,孙先生曾分给一份参看,吾指其不合处要求修改,孙先生当时力允。对胡汉民先生亦然。后不果改,勉强施行,吾料确非孙先生之本意,望能与先生函商一切。若有

---

① 1914年10月5日,黄兴由旧金山近郊抵芝加哥,梅培等往迎。黄兴和梅培进行了一次长谈,不但谈到了阻止袁世凯向美国银行家借款的事,也涉及了中华革命党章程问题。梅培本拟联合美洲诸同志请求孙中山更改中华革命党章程,黄兴因请他致函孙中山重申修改之意。梅培即日上书孙中山要求修改"附从"及"元勋公民"两节,信中转述了黄兴以上谈话的内容。

效，不但克强一人感激，吾知党中多数健全分子亦当引为庆幸。至吾为此事，自到美以来，除密商林森、谢英伯、冯自由、黄伯耀而外，并未对第五人说及。

答上海《民国日报》记者问

1915 年 7 月下旬

自湘事发生，报纸载湘人邀仆与谭组安回湘而后，来寓问讯者颇多。仆之未徇故乡父老之请者，非恝然于故乡也。仆此次归国，见各国国力发展之基础，皆立根于实业与教育。故吾人所贡献于国家者，正不必垂绅挂笏，然后可以谋民福。譬如经营一良好教育之学校，得十百佳子弟以磋磨之，使成令器；或于一市一乡间刻苦经营，俾蔚成一自治之模范，皆足以告无愧于国家，何必定欲做大官、负大任，然后自愉哉？即如湘事，自汤芗铭督湘后，财政之紊乱，杀贼之凶暴（中略），为湘人所同愤。今汤已去湘，休养生息，自不可无人。然有此资望才力者正多，诚何必仆？故仆虽屡接湘电，均置未复。而外间揣摩影响者，何尝能喻仆意？亦有劝仆出以自由者。然仆方悠然南窗下，遐想将来如何启导民意，厚养民力，无暇辩，不必辩也。即如昨日有载冯华甫派人欢迎于车站，此事而确，今日已在皖、赣间矣！而诸君之晤谈，又为谁哉？

美国私立学校，千万倍于吾国，且其功课皆优于公立者，其故由于富家对于教育经费之资助视为天职，且名誉上之自动力，远过官立之督饬。吾国今后教育为立国第一要着，仅恃官力，恐非数十年后不能提倡，故私立学校，为仆今后所自勉。

其次则为实业。今姑举一事言之，各国长距离之自动车为交通利器，其影响兼及于实业发展及地方之整理。吾国欲收其利，当先从事于路政之改良。而路政之改良，实为吾人能力所及；且可容纳多数无业者，以与之生计。一方面改良路政，一方面自造合于经济的自动车，择繁要地点，如海口等，逐渐推广之，积时已久，推行益广，非特人可无行路难之叹，而间接及于社会生计、实业发展者，功用大矣。然此犹仅举一端言之耳。其实建筑之品，土木之属，陶冶之资，金铁之属，苟吾侪能出其坚忍聪明以事之，罔有不济，此亦仆今后所自勉者也。

追悼徐锡麟烈士词

1912年1月

呜呼！朱明失纽，秽羯流膻，污我华夏，垂三百年。旗奴张焰，汉帜不起，芸芸灵苗，蜷伏蹋死。豺狼当道，荆棘满天，罗钳罟网，铲我英贤。高阳之裔，辱在重锋，日予皇考，耻累京垓。天运大掠，瀛寰四通，文明之钥，逼西而东。海外志士，大声疾呼，泪尽血继，唇焦笔枯。粤树大帜，政治革命，蠢彼满族，中实为梗。铸我众心，锄彼非种，警钟一鸣，万类奇怂。觥觥徐公，乘时以出，气肃霜寒，神严鬼哭。含耻引辱，埋首鳞介，支天一柱，浮沉宦海。湫龙匿爪，扪之无棱，神思往来，心虑困衡。何物恩铭，乃敢用我，霹雳一声，血飞肉锉。当其举事，一尘不惊，儿曹衙官，木立噤声。公乃奋臂，誓众左袒，奴才股栗，日予岂敢。唯虎有伥，喜噬同类，鸟族合围，垓心受敌。掀髯一笑，释剑受缚，屠狗既成，死胡不乐。横陈三木，风寒法庭，盛气所摄，旁若无人。洋洋千言，自志其志，吾事既毕，以谂后起。一电飞来，比干剖心，识与不识，哭声皆瘖。铜山一崩，洛钟斯应，摄武踵起，愈踬愈奋。移山返日，神之所凝，天畏志士，实相其成。粤至今日，光复过半，盗酋之祖，不绝如线。轰轰男儿，声呼北伐，扫穴犁庭，责于谁假？同人不才，为公后死，誓于此生，必遂公志。天日在上，魂兮归来，鉴此葵藿，饮之玫瑰。尚飨！

陆军部总长正名布告

1912 年 2 月 2—4 日间

为布告事：自各省代表谋组织临时政府，举兴为大元帅，兴以德薄能鲜，固辞不受，乃改举鄂都督黎为大元帅，而兴副之，兴复未敢受职。逮临时大总统选举既定，强命兴为陆军部总长，不得已乃行就职，当即通电各省，取消元帅名义。前月十五补贺元旦，复亲对各军将校申明此旨，通告在案。现时各省军队以及各团体或个人似尚未尽悉，文、函、电、禀，或称大元帅，或称副元帅，参差不齐，举皆失实。夫称谓各有相当，名正则言顺，不可滥假也。初各省代表之举大元帅，原为暂虚大总统之位，而以大元帅摄其事也。今总统既已正式范职，按诸法理，统率海陆军大权自应属之总统。今仍以业经取消之元帅名义，辱加诸兴，在称者或未详察，然兴甚惧国民心理不知注重于国家兵权之统一，而外人见名称歧出，亦以不能统一而见疑，因小误大，甚非民国之幸也。近来兴对于此种称谓之文电，处置颇难。绳以严格之法律,名称不正之公文当然无效。兴既不敢为正式之答复,欲不复,则又以关系紧要,迟延搁置,恐误事机。是复既不便,不复亦觉非宜,以一名称之误,而致使兴两为其难,殊无谓也。用再明白布告,兴现任陆军部总长之职,来往文件应称今职。所有已取消之大元帅、副元帅各名目,自不得更相沿用。经此次布告之后,如再有沿用者,无论何事,概不作复,以正名义,而保体制。此布。陆军部总长黄兴。

致黎元洪及各省都督等电

1912年2月12日

武昌黎副总统、各省都督、各司令部、各分府、各地办事同人、各报馆均鉴：我中华民国方奠定初基，凡我同胞，均宜将旧染之污涤除净尽，乃能享共和之国，而见人道之尊。昨读黎副总统七号电，痛陈今时流弊，令人悚骨惊心。在我同志中虽未必出此，而一二不肖辈假托行私，诚不免有种种怪现象。不知最大多数人之幸福，乃积最小少数之人而成之。苟任其私利自图，则以一二人之举措，遂淆全国之听闻。涓涓不塞，流为江河，殊可惧也。今与诸公约：嗣后倘有假公名以遂私图者共摒弃之。我等仍当力求振作，互相规箴，勿使满清末造之积习再见于今日。同胞幸甚，民国幸甚！黄兴叩。侵。

与孙中山等发起江皖烈士追悼会通启

1912 年 2 月

天不祚汉,宸极失纲,曼珠窃发,入据神州,农胄轩裔,悉隶奴籍,沉沦黑狱,垂三百年。其间志士仁人锐志光复,慷慨蹈难不旋踵者,何可胜数?大江上下,夙多豪杰之士,十稔以还,烈士奋起,或潜谋狙击,或合举义旗,取义成仁,项背相望。如赵君声、吴君樾、熊君成基、倪君映典者,尤其卓然著称者也。人心思汉,胡运告终,鄂师崛起,天下应之,曾不十旬,区宇统一。今者共和之帜方张,民国之基已定,抚今思昔,能不怆怀!呜呼,大江东去,逝者如斯!吾曹食共和自由之福,以及于吾曹子孙而至于无穷,向非诸先烈之断脰决项,前仆后起,曷克臻此!而河山依旧,日月重光,吾诸先烈士乃不克睹其成也,斯足悲矣!用特开会追悼,以慰忠魂,并励来者。凡我族类,亮有同心。爰詹某日开会南都,届时务望赍临襄礼。承锡鸿词,乞先惠邮,以昭香花之供。谨闻。发起人:孙文、黄兴同启。

致各省都督等电

1912 年 3 月 15 日

各省都督、各军长、各师长、各旅长转知各省军队均鉴：为布告事，自北方赞成共和，全国一致，平民政治略具雏形。唯以政府地点主持各异，解决较难。近日双方内怵变故，外鉴时势，佥认暂驻北京，早定大局，统一政府，指顾告成。从此南北一家，兄弟一体，凡我军人，犹当各表诚敬，悉化猜嫌，群以国利民福为唯一之宗旨。溯自武汉起义，各省风从，我军人冒险进取，身临枪弹，气壮山河，如撼岳家之难，竞继朱祖之武。金陵一役，有众二万，克期兼旬，无取铁锁之沉江，已见降旙之出石。凡兹凯捷，皆军人遝迩之声援，前后之仆继所致。精忠所贯，感动万方，已足判专制之余成，为共和之先导。迨北方罢战议和，昌言反正，相与倒戈，遂令帝政告终，民国确定。故今日共和成立，虽北军实为后盾，而南军实为前驱，震慑古今，惊动中外，微我军人，曷克臻此？俟新内阁完全组织，必录当时之勋业，俾增后世之光荣。虽目下军队如林，数逾百万，然将来如何编练，如何配置，如何归并，如何调遣，必有一定办法。常备之非，或屯田开垦，或移民实边，或建筑工程，或改编警察，新内阁统筹全局，将见次第设施，凡我军人，何患无效用国家之地。唯欲行将来之计划，必须保现在之治安，故兴负一日之责任，即思尽一分心力。念我军人，实有不敢缄默者，谨掬诚悃，略有忠言，唯我军人察之。军人遵守国家之纪律，服从长官之命令，乃为当然义务，切勿误解自由独立，出于民国范围之外。观国者辄谓吾国现象，大乱方始，奠知所终。兴言及此，不禁寒栗。凡我军人，尤当猛省。无论如何，毋紊秩序，毋残种类，一隅糜烂，全局动摇。前者京津构乱，列强环伺，稍一纷扰，外足以酿干涉，内足以兆割裂，堕奸党鼓煽之术，中他人挑拨之谋，国种将亡，身家何有？生命莫保，利权何有？须知维持社会，保卫国家，为军人固有之天职。凡我军人所有衣食之给，身家之奉，何莫非国家帑款？何莫非人民膏血？若受其豢养，不予报酬，反加蹂躏，实是背人道主义，不特违我辈革命之初衷，抑且负我四百万万同胞希望之公意。况奸淫焚掠，罪在不赦，世界通例，民国何容有此？务望我军人，各革其心，各爱共身，各守区域，各尽责任，勿以无安抚而自惊，勿以有勋劳而自足，勿攘夺私利而操同室干戈，勿把持财产而蹙中央之命，勿遗同志之耻，勿动全国之愤。倘能共体此意，广行劝告，互相譬谕，俾我军人皆能为民保障，为国干城，庶几东西南北各省，满蒙回藏各族，民业从此无惊，国基从此永固。

雄飞纪念，峙立环球，唯我军人实利赖焉。凡兹军人之利害，即系民国之安危兴亡，不禁涕泣陈辞，愿我军人反复注意。此令。即希转饬为盼。黄兴。删。

委任长江水师总司令通告

1912 年 4 月 4 日

长江古称天堑,关系匪轻。自海禁既开,内地行轮,商船辏辐,奸人伏莽,盗迹充盈,防御稍疏,贻患滋巨。前清于湘、鄂、皖、赣、宁、苏、浙七省沿江方面,设立长江水师提督,借资镇压而保治安,立法颇善。自武昌起义,各省独立,用人行政,各自为谋,长江水师之制遂破。今日南北统一,共和告成,亟宜规复前制,以销隐患而固国防。业经本部商同海军部长呈请前孙大总统,委任前光复军总司令李燮和充长江上下游总司令在案。因李君志在退隐,一再力辞,是以悬未发表。然长江重镇,非有声望素著、勋业昭彰者不能肩兹巨任。经兴再三恳留,始允就职。兹已刊刻关防,不日颁发,敦促就任视事,用行通告。凡属湖南、湖北、江西、安徽、江南、江苏各水师,总归李总司令节制。责成该司令就旧日营规,考察现在情形,酌量编制,务期周密完善。各省都督公诚体国,谅能和衷共济,以维时局。各水师营军士,其各凛遵命令勿忽。黄兴叩。豪。

南京留守公启

1912 年 4 月 28 日

启者：鄙人承乏留守，实因南京军队尚待整理，故暂任斯职，俟办理就绪，即当归田。署内一切设施，概从简约。而怀才欲试之士，近多误会，以致远道频来，荐书盈尺。在诸君殷勤相与，意诚不薄，而鄙人迫于事势，未能一一延请，心实难安。况民国用人行政，务求实际，从前乾修诸名目，理应一律铲除。所有款项均属国帑军需，筹措极难，未便遽以私情移赠旅费。兼以军事纷繁，昕夕靡暇，复书接见，实未能周，徒使诸君旅馆淹留，益滋愧歉。兹特登报声明，嗣后亲族故旧，非经鄙人函电敦约而来者，恕未能一概招待。谨此奉布，统希谅鉴。

致袁世凯等电

1912 年 4 月 29 日

万急。北京袁大总统、唐总理、参议院、各部总长、武昌黎副总统、广州孙中山先生、各省都督、各政党、各报馆、军学工商农各界男女同胞均鉴：民国肇兴，政府成立，建设之事，无虑万端，而要以厚民生强国力为本，则此后所最当研究者，财政问题是也。今之论者，见需款甚巨，而国内经济久已支绌，难于筹措，于是乎一弃其在前清时代所主张之外债拒绝论，而利用其投资，以应吾急。是说也，多数明通之士类能知之，盖诚非得已耳。虽然，兴犹有说焉。天下之患常伏于所倚，拒债所以杜外患，而政事不无废弛，借债可以应急需，而国权未免亏损。在主张借债论者，夫岂不日前清时代公款之用途不明，投资未属于生产，而民国则无之。然不知起义以来，公家事业多付废阙，官署新设，军队环布，筹置整理，需款浩繁，将来所借巨款，能否即用于生产之一途，尚未可知，而担负抵押，国家负累已深，则较之空言拒债、而不别筹善后方法坐视衰败者，其弊将无同。故贸贸然徒言拒债者，因噎废食之见也；断断然侈言借债者，贪饵吞钩之为也。两者均未见其可。兴旴衡时局，统筹国计，终夜彷徨，靡知所措。顾深念权借外债，原属万不得已，若恃为唯一方法，而其危险将至债额日高，债息日多，债权日重，抵押从此益穷，监督财政之举，且应时以起。二十年来忠义奋发之士，所以奔走呼号于海内外，糜顶捐躯，不稍稍退却者，徒以救国故，徒以保种故，徒以脱奴籍而求自由故，乃一旦幸告成功，因借债以陷入危境，致使艰难缔造之民国沦为埃及，此则兴血涌心涛所不忍孤注一掷者也。夫国家者，吾人民之国家。与其将来殉债而致亡，毋宁此时毁家而纾难。况家未至毁而可以救国不亡，亦何戚而不为？则唯有劝募国民捐，以减少外债之输入乎？吾国人数约计四万万，其中一贫如洗者，与夫遍地灾黎，固无余力可以捐助国款。而中人以上之产，即可人以银币一元为率，最富者更可以累进法行之，所得较多者亦可以所得税法征之。逆计收入褒多益寡，当不下四万万元，于特别劝募之中，仍寓公平征取之意，在贫者不致同受牵累，在富者特著义声，而仍不失为富。且捐率有定，可免借端苛扰之虞。而国家骤得此巨款，以资接济，俾得移新借外债，尽投入生产事业，后来工作繁兴，利源充裕，以公经济之发达，调和社会私经济，贫者可因以生活，富者经营实业，可由国家提挈或补助之，而前此外债更易偿还，岂非两得之道乎？使果全恃外债挹注，则初次所借巨款，只可供革命后之收束，既如前所述；而生产资本，更待外求，纵有赢余，无论误时已久，即补前次积欠，犹恐不足；循至债台愈高，上下交困，仓皇束手之际，仍不能不取求于吾民，彼时虽竭泽而渔，国已不可救药，行见沦胥以亡耳，此筹国者所不可不早计也。兴岂不知今日民生半多凋瘵，而故倡此不韪之论，诚以两弊相衡，宜取其轻，大局至危，唯呼将伯。天下往往有至苦之言，听者狃于闻见，不加谅察，遽相诘难，以是智者多塞口，致误事机者屡矣。昔普法战争，法认赔普款二十万万，其人民、土地少于我何止十数倍计，而负此巨款，一呼捐集，卒成强国，诚晓然于计学公例，利公即所以利私。兴又安敢臆测吾国人爱国之心竟不如法，失此不言，后恐噬脐。且兴亦欲使吾国人知此次共和建设，皆出自国民至痛苦之膏血，允宜廓清积弊，慎重用途，以此铢积寸累之金钱，造成最璀璨庄严之民国，为亿万年留一大纪念耳。若大富者平居谯游之费，车马之需，辄耗弃巨资，何止十户中人之赋，则更不过略加节啬已足供此。矧革命为何等事，死者肝脑涂中原，白骨转丘壑，吾辈幸存，保邦之责，非异人任，区区之款，复何足云。言念及此，心怀增恸，爱国之士能不凄然？此尤兴所不敢不痛哭流涕以言之者也。唯是事属捐助，原非正供，如何收集之法，尤当博采众见，切实研究，务期劝导人民共喻此旨，而黠者不得缘以为奸，斯为善耳。所赖政学军商农工各界诸君子，共矢热诚，持以毅力，早为提倡，其庶几有济乎。兴自愧庸才，救时乏术，临风洒涕，不知所云，唯垂鉴而采择之是幸。黄兴叩。艳。

致袁世凯及国务院等电

1912 年 5 月 6—10 日间

北京袁大总统、国务院、参议院、武昌黎副总统、各省都督、参议会、各报馆均鉴：鸦片流毒，垂及百年，弱种瘠国，实其媒介。岁耗千万，超过吾国之岁入。稍有国家思想者，久已深恶痛绝。前清政治腐败，有司之能奉行法令者，对于禁烟要政，尚有微效可睹。自光复以来，军事倥偬，不遑内政，烟禁大弛，有妨观听。吾辈改建共和，原期生人肉骨，设竟听其变本加厉，贻害内国，腾笑外邦，蒿目沉疴，能无愧愤。循译皖议会孙都督转电，主张禁运，须速商明，约以元年为鸦片进口终止之日。硕画决心，无任钦佩。黎副总统歌电更推衍其说，畏禁运最难亦最急，谆请内外坚持，洵亦洞见症结，兴极表赞同。诚以逐渐减运之约，固已履行，然箱数虽减，重量转增。禁种厉行，价率更涨，朘削民财，不异昔日。诚非力求前约之变更，不能谋根本上之解决。兴之愚见：一面请中央政府速与英人磋商改约，缩短限期；一面速订禁烟特别刑律，处分必严，期限必短。但并禁吸实行，鸦片贸易自然衰落。禁种一事，开明之地尚易服从。僻隐之区动生抵抗，则非慑以武力，不克竟此全功。总之，禁烟三种办法，禁种，禁吸，主权在我，兼营并进，期绝根株，外人见吾国内外一致进行，无可借口，则缩短禁运期限，外人必相赞成。是力谋禁吸，禁种之实施，即以促成禁运之效果也。至各省土行膏店，现仍林立，或谓加重捐税，遂可寓禁于征。不知税重则价昂，利在外人。烟民视鸦片为第二生命，必不因此而自行戒断，何如早予蠲免，禁止其营业权之为得乎？诸公痌瘝在抱，力遏横流，尚望积极主持，务达目的。勿以牵涉外交而事迟疑，勿以关系生计而存姑息，庶几烟害既除，母财日涨，睡狮一吼，万马齐奔，转弱为强，旦夕可致。兴因有感黎副总统电，聊贡区区，迫切陈词，敬祈裁夺。南京留守黄兴叩。

致袁世凯等电

1912 年 5 月 13 日

袁大总统、唐总理、各部总长、参议院、武昌黎副总统、各省都督、各埠报馆均鉴：统一政府成立之时，兴自维才力已竭，曾经迭请归田，以安愚拙。唯当时值南北交代，军队林立，人心未靖，暂设南京留守，命兴勉强支持其间。兴不敢以难于收拾之局，遗祸于人，故暂抑私愿，勉承其乏。乃甫经任事，即遭赣军之变。兴之德薄能鲜，不能抚驭兵士，保卫人民，已可概见。现虽竭力维持，无如力不称志，时虞陨越。幸赖各将士爱国心长，力顾大局，南方各军整理已略有端绪。第三军军长王芝祥，已将所部桂军六大队全数遣散回籍。第四军军长姚雨平除已遣散兵士三千回籍外，亦拟整顿全军，陆续开拔回粤。第五军军长朱瑞，前已将所部全军移回浙省。第二师师长朱先志，则自请取消司令部。其余各军已经遣散者，约计不下二万余人。此外减缩军队之各种办法，已迭次与各军师旅长等会同协商，依次进行。仅就缩小军队编制一端而言，约计两月之内，已可减少兵数三分之一。此外裁遣之法同时并举，所减之兵数尚不止此。嗣后南京附近之军队，不难如期整理，则留守一缺即可裁撤，多此机关，反形赘疣，且于行政之统一，诸多窒碍。拟请大总统准予销职，即将第一军所属之第一师、第四师、第九师混成一旅及淮上军交军长柏文蔚整理；第二军所属之第十一师、第十二师，交军长徐宝山整理；均直隶陆军部管辖。其余除第三十九旅已蒙允拨归山东都督管辖外，分驻江苏地面之第三师、第五师、第七师、第八师、第十师、第十六师、第十九师、第二十三师、第二十六师、独立第三旅、第三十五旅、南京东北区西南区两警备队、独立步兵团、江阴步兵团、吴淞要塞步兵团、交通团、宁镇澄淞四路要塞、驻宁光复军、福字敢死队，及南京卫戍总督所辖宪兵二营及前陆军部宪兵一营、守卫队一混成团，均归江苏都督统辖，必能实行整顿，竭力裁汰，不辞劳怨，以济时艰。兴赋性愚拙，罔知矫饰，凡自量力所能为，无论如何艰难困苦，非所敢辞，十余年来矢志如此。今兹所请，非敢自图暇逸，实为国家制度计。统一政府既经成立，断不可于南京一隅，长留此特立之机关，以破国家统一之制，致令南北人士互相猜疑，外患内忧因以乘隙而起，甚非兴爱国之本心也。况整理南方军队之办法已略有端绪，但循此而行，则云屯雾集之军队，不难渐次消散。裁此机关，事实上并无窒碍，而少一机关之糜费，于国家财政尤不无微补。故敢披沥陈请，伏望大总统鉴此愚衷，准予即行销职，俾全大局，而偿私愿，无任迫切待命之至。南京留守黄兴叩。元。

致袁世凯等电

1912 年 5 月 22 日

　　北京袁大总统、唐总理、教育部蔡总长均鉴：民国初建，百端待理。立政必先正名，治国首重饬纪。我中华开化最古，孝弟忠信、礼义廉耻为立国之要素，即为法治之精神。以忠言之，尽职之谓忠，非奴事一人之谓忠。古人所称上思利民，以死报国是也。以孝言之，立身之谓孝，非独亲其亲之谓孝。昔贤遗训，如好货财，私妻子，纵耳目之欲，以为父母戮，推而至于战阵无勇，举为炯戒是也。盖"忠孝"二字，行之个人则为道德，范围天下则为秩序。泰西各国，礼治法治虽不相侔，而大本大原终未有背弃者。秦汉以降，学说庞杂，道化陵夷。君主私其国家，个人私其亲族。大盗窃国，奸夫有家。驯至胡虏僭位，称为圣明。烹子调羹，见于史传。忧时之士，眷怀世变，积痛在心，谓非破此迷津，无以尊重人道。殊不知前举弊端，非误于国民之崇尚忠孝，而误于国民不明忠孝之真理。即如此次起义，全体一心，父诏兄勉，前仆后起，复九世之深仇，贻五族以幸福。于民国则为忠，于私家则为孝。是以政治革命、家庭革命诸学说，原为改良政教起见，初非有悖于忠孝之大原。唯比来学子，每多误会共和，议论驰于极端，真理因之隐晦。循是以往，将见背父离母认为自由，逾法蔑纪视为平等，政令不行，伦理荡尽。家且不存，国于何有？应请通令全国各学校教师申明此义，毋使邪说横行，致令神明胄裔误入歧趋，渐至纲纪荡然，毫无秩序，破坏公理，妄起私心，人唯权利之争，国有涣散之势。孟子所谓猛兽洪水之害，实无逾此。兴频年奔走，志在保邦，睹此危机，五内焦灼。用敢披沥上陈，伏乞采纳，立予施行，毋任盼祷。黄兴叩。

致各都督电

1912 年 5 月 22 日

各都督均鉴：民国初建，首重纪纲。我中华开化最古，孝弟忠信，礼义廉耻，夙为立国根本，即为法治精神。以忠言之，乃尽职之意。古人所称上思利民，以死报国之类是也。以孝言之，亲亲而外，立身为要。昔贤遗训，如好货财，私妻子，纵耳目之欲，以为父母戮，推而至于战阵无勇，举为炯戒是也。盖"忠孝"二字，实包己身与国家社会而言。于个人则为道德，于人群则为秩序。东西各国，礼治法治虽有不同，而大本大原终未尝相背。秦汉以降，学说庞杂，道化陵夷，君主私其国家，而忠之一字，解释最误，竟以奴事一人为确证。循至胡虏僭位，奉为神明，专制淫威，流毒滋甚。家庭之际，亦不免骨肉参商。忧时之士，眷怀世变，积痛在心，谓非破此锢习，无以尊重人道，此论诚然。但前举弊端，非误于国民之崇尚忠孝，实误于国民之不知忠孝。忠孝之真理，未可率尔漠视。此次起义，全国一心，父诏兄勉，前仆后继，复九世之深仇，谋五族之幸福，何莫非忠于民国、孝于宗亲之一念所致。故政治革命、家庭革命诸学说，原为改良政教起见，初非有悖于忠孝之大原。而比来年少每多误会，共和议论驰于极点，真理反致湮晦，至有谓古人设此等谀辞，皆所以愚惑黔首，殊为大谬。夫以孝弟忠信为戒，则必不孝不悌不忠不信，自相残杀而后可。以礼义廉耻为病，则必无礼无义无廉无耻，沦为禽兽而后可。循是以往，将见背父弃母，认为自由；逾法蔑纪，视为平等。政令不行，伦理荡尽，家且不齐，国于何有？孟子所谓猛兽洪水之害，实无逾此！兴频年奔走，志在保邦，睹此危机，五内焦灼。应请通令全国各学校教师，申明此义，毋使邪说横行，致令我神明胄裔，误入歧途。保国保种，唯此是赖，伏祈采择，立予施行。

复上海昌明礼教社书

1912 年 5 月 22 日稍后

前奉惠书，因军事旁午，久稽裁答。再奉华翰，敬悉诸君拳拳礼教，欲挽狂澜，愿力甚宏，佩慰无已。吾华立国最古，开化亦最先。制礼乐，敷五教，舜时已然，三代尤盛。吾国数千年文野之分，人禽之界，实在乎此。秦汉以后，学术庞杂，道化陵夷，君主私其国家，个人私其亲族，流毒至数百世。夷狄乘之，国种岌岌！忧时者眷怀世变，疾首痛心，主张政治革命、家庭革命。而不学小夫，窃其词不识其义，或矫枉过正，或逾法灭纪。来书所谓假自由不遵法律、借平等以凌文化，鄙人亦日有所闻。诚古今大变，为始事诸人所不及料者。前请大总统通令全国学校教师，申明纪纲，即以此等恶习关系民国前途甚巨，实欲遏此横流。诸君创办昌明礼教社，以研究礼法、改良风俗为己任，深明匹夫有责之义，是宣布共和来所日夕望而不图得之者也。甚盛！甚盛！鄙人频年奔走，学殖荒落。

窃以为西国实业,日异月新,既以东亚为市场,既不能禁民之不购货。唯有事事仿造,翻新出奇,非唯可塞漏卮,实可畅销国货。至其习俗,则学其醇而避其醨。必一一求其形似焉,则误矣。此模仿外国之当辨别者一也。中国习俗恶染甚多,如食洋烟、喜缠足、不明公德、不讲卫生之类,志士呼号,已数十年,至今尚未能痛改。而其习惯之善良者,如孝友、睦姻、任邮之类,或弃之如遗,不惜犯天下之大不韪。比来少年在学校则不师其师,在家庭则不亲其亲。似此行之个人则无道德,行之天下则无秩序。发端甚微,贻祸甚大。孟子所谓猛兽洪水之害,实无逾此。此中国习俗当剪除、当保存之不可不辨别者二也。抑又有进焉者,中外治理各不相侔:大抵中国素以礼治,外洋素以法治。吾国制礼,或有失之繁重者,不妨改之从同;外国立法,或有因其宗教沿其习俗者,万不可随之立异。本此意以辨其途径,导以从违,酿成善良风俗,庶几在是。诸君子以为何如?鄙人志在吊民,晚不闻道,尚望不我遐弃,有以教之。谨复。

致袁世凯及国务院等电

1912 年 5 月 24 日

大总统、国务院、参议院、副总统、各省都督、各省议会、报馆均鉴：借款事丧权辱国，万不承认。敝处力请废约，并主张发行不兑换券，及实行国民捐一电，计达览。窃谓不兑换券，为救目前危急之必要办法，同时实行国民捐所收之款，即可作为不兑换券预备金，于财政上绝无恐慌，务乞立断施行，大局幸甚。拟订国民捐章程，随即摘要电请核定。黄兴叩。

致袁世凯及国务院等电

1912 年 5 月 24 日

袁大总统、国务院、参议院、黎副总统、各都督、各省议会、各报馆、海外华侨及军政学商农工各界同胞均鉴：此次借款合同及监视开支章程，损失国权甚巨，关系存亡。昨电痛陈危迫情形，力请毁约，并主张发行不兑换券及实行国民捐。本日又电请以国民捐为新发不兑换券之预备金，谅均蒙鉴察。唯国民捐只可救急一时，仍不能无维持永久之策，以持其后。六国银行团所以敢于挟彼债权制我死命者，固由于我中央政府无整理财政之能力，亦由各省无完固之金融机关，以致资本散在民间，不得集收，以储为国家之外府，实力因而薄弱。今欲使国家与人民有两利而无一害，除亟办国民捐外，宜再由各省自行集合人民资本，以组织国民银行，并由国民银行协力组织一国民银公司。国家如有急需，国民银公司得与政府直接交涉，酌量需款多寡，转向国民银行告贷。凡中央政府所承认六国合同内监督抵押各条件，悉收回于国民银行之手，款自我出，权自我操，大信既昭，财力益厚。平时则藏富民间，有急则贷与国用，乘此机会，以扩张民权，实行监督政府，较之乞怜外人，丧权鬻国者，其安危相较，奚啻天壤？我国民义勇奋发，虽毁家纾难，尚所不辞。况家可以富，国可以强，既能保现时财产之完全，尤可谋后世子孙之乐利，无论贫富，皆可量力集凑，取得银行股东之资格，永为民国政府之主人，利害关系愈切，爱国之心愈增，转危为安，莫善于此。若犹迟疑审顾，或恐投资银行致有亏损，则须知此种银行，财力雄富，抵押确实，监督政府，固极森严，万无亏损之理。今试问失此不为，若照此次借款办法，国已不国，个人私产终必同归于尽，尚复何利之有？愿我各省同胞，平情审量，抉择利害，毅然决然，从速举办，无任祝祷。拟办法数条，以备采择，详章另行规定。计开：（一）每省筹设一国民银行，专以贷与国家岁费为目的。一国民银行之资本，其额数至少须在百万元以上，纯由国民集股凑成，以百元为一整股，十元为一分股，一元为一小股。（一）国民银行股本，分优先、普通二种，以一人认五股以上于一月内缴足者为优先股，其余为普通股。（一）每年所得赢余，除酌提若干为股东利息、红利及一切开支外，其余概作本银行积蓄金。（一）筹办国民银行，概由各省商会经理，发行股票。（一）国民银行成立，在国家财政完全整理之前，有于其制限内发行兑换券之权。（一）国民银行贷款于政府时，必取得确实相当之抵押品。（一）在上海设立国民银公司,由国民银行协同组织之。其职权如下:(甲)与政府为贷借之交涉;(乙)监视政府借款之用途;(丙)量各银行资力,以分配筹贷。黄兴。敬。

致袁世凯及国务院等电

1912 年 5 月 25 日

袁大总统、国务院、参议院、黎副总统、各都督、各省议会、各报馆均鉴：艳电提议国民捐，谅邀鉴察。现在借款一事愈出愈奇，名为磋商，实甘愚弄，财政军政均受监督，国权丧尽，生命随之。故睹此次垫款合同及监视开支章程而不痛心疾首者，非人也。于此而欲救亡，舍亟募国民捐以为后盾，绝无幸理。旬日以来，南省输捐极为踊跃，北省应者亦多。如果办理得法，非特不难凑集巨款，实足增长国民爱国心。今征集众见，拟将民间从前所纳军饷，一律酌换公债票，周年照章给息，以便一意举办国民捐。拟定简章二十余条，大要以资产计算。除不满五百元之动产不动产捐额多少听国民自便外，其余均以累进法行之。五百元至千元为一级，纳捐千分之二。由千元至二千元为一级，纳捐千分之三。二千元至五千元为一级，纳捐千分之四。由五千元至二万元，每五千元为一级，二万元至三万元为一级，均递加千分之一，至千分之八为止。三万元至五万元为一级，递加千分之二。五万元至十万元为一级，递加千分之四。十万元至二十万元为一级，递加千分之六，至千分之二十为止。由二十万元至百万元，每十万元为一级，递加千分之十至千分之百为止。百万元至五百万元，递加千分之百二十。五百万元至千万元，递加千分之百四十。千万元以上，统以千分之百六十推算。凡超过每级之价额，在万元以下数不满百元，十万元以下数不满千元，百万元以下数不满万元，五百万元以下数不满五万元，千万元以下数不满十万元者，仍照原级计算。至政学军商各界及各工厂之职工等，除以资产计算纳捐外，应按照其月俸多寡，分别纳捐十分之一、二，以三个月为限。月不满十元者，捐纳多少听便。其有捐至百元以上者，由政府另给证书。例外特捐至百元以上者，给予铜牌；千元以上者，给予银牌；万元以上者，给予金牌。其收款用联单，由财政部制成盖印，省议会加印，分别存根、存查、持票、收执四种，凡经手人非有此联单，不得收款。款由城镇乡各公共团或银行收集列榜，而汇总于财政司，随时交银行生息，登报公布。并由省议会稽查，非经国会认可，不得拨发，以昭慎重。似此不另设局，不另支薪，可免虚糜，而归实用。大信既昭，人民无疑。其详章另呈，乞大总统速交参议院议决施行，以全大局，无任盼祷。黄兴叩。

附:

袁世凯复黄兴电

1912 年 5 月 26 日

南京黄留守：二十五日电悉。披阅章程，大致用累进法而税其所得，斟酌颇为完备。值此经济困难之日，我同胞果能热诚相助，则莽莽神州，或不致有陆沉之痛。已交国务院核明提议，以付殷拳提倡之怀。详章望速寄。大总统。宥。

致各省都督书

1912 年 5 月

敬启者：前以筹设国民银行通电尊处，谅邀鉴察。其中迫不可缓之理由，请再详陈之。民国建设，端绪甚繁，然非财则一事不举。际此上下交困，不得已议借外债，各国银行乃协以谋我，要挟万端。我即操纵有方，而国力不足以为后盾，事终无济，徒寻埃及覆辙而已。窃谓国用不足，实由于百姓不足。兹欲振国民生计于疲敝之后，非先求银行业之发达，则凡百无可言者。夫天下财虽有限，散之则如沙，而机关滞，聚之则成团，而魄力雄。美国各实业均以脱拉斯势力压倒一切者，此也。今积国人之资财，谋公共之利益，社会金融于以活泼，政府借贷亦可接济，利国利民，实无逾此。况沪、汉各埠，外人所设各银行，共初资本未必雄厚，而卒之集零星存款，营业日扩。非唯见信于其国家，其势力直被全球。成法具在，是在有心人热诚以导之，毅力以行之，力矫前清积弊，公举股东中之有学识、才器、经验者总挈其纲，庶几成此伟大之业耳。兴已与此闯中外财政专家详细商榷，草定银行章程并招股办法。但事务重大，非绵薄之力所能举。敬乞大力提倡，赐衔发起，并克期设立收股处，俾得早观厥成。兹将详章及招股办法奉达，如有未尽事宜，尚乞随时赐教为幸。敬请勋安。黄兴顿。

致袁世凯等电

1912 年 5 月

袁大总统、陆军部总长钧鉴：江苏常州军政分府司令长赵乐群、参谋粟养龄枪毙常州中学堂监学陈大复一案，兴前在陆军部总长任内，据该司令电禀陈大复携银赴沪购办枪械，故延时日，私存取息，并胪举其浮报罪状，请予枪毙，等情。同日接苏州庄都督电开："据常州专人报告，该司令因与同事陈大复意见参差，遽指为吞没军饷，有电部请先枪毙之说，请先电阻"，等因。当经电饬该司令暂行看管，彻查确情，禀候核办在案。随接该司令电称"陈大复购办军械等件，确系以少报多，自饱私囊，经执法官询问，供称不讳，业已枪毙"云云。比以该司令蔑视部令，滥用职权，不法已极，立电苏都督取消该军政分府，速拿该司令严讯究办。旋准电开：业经由苏派员前往查办。据该司令呈称：参谋粟养龄私写命令，现已将粟速送来苏，请由部派员赴苏会审。经即派员前往会审，去后，乃该司令既透过粟养龄拿交苏委员带回，一面又电部请设法救粟，前后矛盾，真情亦已叠露矣。此案发现旬余以来，东南舆论一时大详，苏、浙人士到陆军部呈请者，亦函电纷驰，共鸣不平，要求提讯论抵。适兴交替陆军部受任留守之际，窃念案关重大，该司令又借词搪塞，延不赴苏，非调集人证来宁，组织军法会审，不足以肃军纪而维国法。正拟提案，该司令迫于舆论攻击，自行到宁投审。比经照会第三军军长王芝祥，会同审判官第二十六师师长杜怀川、第五师师长刘毅、第十五旅旅长陈裕时、第十旅旅长袁华选，暨司法官本府军法局局长陈登山，并苏都督派检察官彭科长锡范等，组织高等军法会审。并以此案关键，以陈大复之购枪赚钱与否为前提，案关军饷虚实，均应彻查。特于会审前三日，派员赴沪调查陈大复在和兰银行购枪情事。旋据报告，陈大复购枪实无赚钱情弊。当经谕令于四月二十五日在府中开庭，传集证人屠宽、屠密、童斐等，暨被告人赵乐群、粟养龄，详密研讯。兹据报称："业于本月十日审问终了。对于此案，特出意见书，略谓：此案陈大复前代常州军政分府购枪百支，每支二十八两，较粟养龄与苏捐所买之枪，每支价高一两五钱，确系捐客徐以桢、王志梁二人取得扣头，业经徐、王二人到庭认明宣誓签押，则陈大复并无赚钱之事，确系无辜被害。至赵乐群因闲谈负气，借端陈大复购枪赚钱，决心加害，据后列各证供及事实，足以证明赵有杀陈之决心及犯罪之行为，成为法律上之造意犯。一、于加害前，赵以兵力逮捕，声言誓必杀陈，经屠宽等再四跪求，始终不允。二、不论陈大复侵款与否，屠宽悉愿破产代偿，赵仍不允。三、屠宽以恳请不允，并愿登报使陈不见信于社会，赵又不允。四、屠密、童斐暨民政长屠寄等跟踪到司令部求情不允，请暂押民政署听候提讯，亦不允，请俟执法官讯明再办，又不允，始终坚执。五、赵乐群被屠民政长等之苦求，并监视赵不能亲自执行，且未经执法官讯问，不足掩人耳目，遂当众传口令，使粟养龄为临时执法官，有略问即行枪毙之语，则陈虽被杀于粟，其造意实基于赵。六、致陆军部电有'应即枪毙'等语，经赵供认自发。七、赵对屠宽等声称，我杀陈有负友谊，我愿以二百元厚殓之。杀陈后寄宁罪状告示及复松江军政分府责问电报，均经赵供认不讳，则杀陈之造意，实出自赵。八、陈被杀后，赵并未追问检举。迨告发后，经苏都督传讯，始交粟到案，希图卸责，又复电陆军部为粟救援，前后矛盾，互相印证，赵实有心杀害。九、陈被杀并未审问，赵乃令粟捏造供词，掩人耳目。以上九种事实证据，故认赵乐群为本案杀人之正犯。其粟养龄供词：一、该执行陈大复死刑之命令系亲笔所写；二、枪毙陈大复时并未审问，所发命令实未送司令核阅，执行后亦未报告。并据证人屠密言，粟在司令部，赵面委充临时执法官，经屠、童等人纠缠恳求之际，乃声言赵乐群太无决断。观此，则粟养龄发命杀陈，虽为被动行为，而滥用职权，帮助犯行，在法律上亦应以準正犯论。但按粟犯罪之心理而论，一因误认陈有赚钱之罪，前提已误；二因慑于赵威，承意执行，故决意帮赵杀陈；法律上亦得酌量减轻。"等情具报前来。窃查此案，赵乐群滥用威权，擅杀无辜，粟养龄帮助实行草菅人命，均应认为枪毙陈大复案中之正犯。查律载杀人者死，该犯赵乐群、粟养龄二名，侧身军府，睚眦杀人情形，尤为可恶，亟应按律严办，以昭法纪，而雪沉冤。唯现值民国初立，法律未备，滥用法权，所在皆是。此案关系重大，手续不嫌繁重，究应共同论抵，抑或分别办理之处，理合呈请大总统核夺，迅赐电复挲行。并请将兴办理此案情形，宣布全国，使知以私意杀人，虽职官亦与平民同科，庶各地滥杀之风可以渐止，人民乃得受法律上之保障，于保护国民权之中，寓尊重国家法权之意，此尤兴一得之愚所愿贡献于新造之国家也。南京留守黄兴叩。印。

致袁世凯等电

1912 年 6 月 5 日

北京袁大总统、国务院、参议院、武昌黎副总统、各省都督、省议会、上海《民立报》鉴：阅报载：留守府向熊总长请款之密电，及国务院咨参议院文，有银行团垫付三百万两，南北各半等语，不胜骇异。查留守府成立之时，曾将本府应行支出之军队额给，及应行筹备各节，开具说明书，送交熊总长。大约月需经常费三百六十余万元，即军队额给一项，已占三百零六万余元。均完全之师，计十六师，每师俸饷乾银约十五万五千余元，仅步兵一旅者计四处，每旅俸饷乾银约七万七千余元。加以四路要塞及宪兵卫队、警备队、独立团等未编成者约三万人，约月需三十万元。所辖各局、所、学校，如金陵军械所、机器局，月需三万五千余元。兵站、病院及卫生材料厂，月需四万八千余元。军官、军需两学校及入伍生队，约月需十三万元。上海制造局约月需十五万元。此外南京行政公署，如巡警监狱、审判厅、交涉局、南京府、测量局、长江营地调查局等处，约月需六万四千余元。兵站三处，约三万元。辅助教育费约一万元。此经常费之预算大概也。至临时费用，如欲整理军队，则添建兵房费、扩充制造费，皆属切不可缓之需。况陆军部接办之日，又有欠付各洋行商店之服装、枪炮、马匹费约四百七十六万余元，又五十九万五千余元。综计以上预算，两月以来应领款千万元以上始敷分布。然自留守府成立至今，已逾两月之久，共收财政部交来之款仅二百零五万元。此外期票五十万元，但能作为支还陆军部欠交商店之款。而兴统此南方重兵，一面抚驭，一面遣散，计南方军队初约二十万人，近已分别裁遣将近七八万人之谱。凡遣散军队，除发给月饷并补给月饷外，并须备船车、给旅费。当时因遣散军队，需款孔急，两月以来，仅得此区区二百万元。除以私人名义筹借若干接济伙食外，已万分竭蹶，朝不保夕。故迭次电请熊总长拨款，并密告窘迫之状，自属实情。当时并不知借款条件损失主权，迨蒋次长抵宁，始悉借款条件危险。兴天良未泯，不忍坐视国亡，故发电争拒。而熊总长以为借款之忍辱签字，均系兴请款急切所迫，宣布本府密电，以图洗刷一身，而将中国财政奇窘情形，尽行发露，令外人愈有所要挟，不知所存何心，竟忍出此。且此次借款，所谓南方百五十万，均由该总长交沪中国银行收回军用钞票之用，并未拨充南方军饷一文。该总长借款时，以南京催款急迫为词，而南京并未实得此款之用。查军用钞票，在宁、沪市面颇资周转，今一旦收回，致宁、沪经济界陡起恐慌。此种政策，无异自制死命。兴前以关于南京一隅之事，迹近争执，隐忍不言。及熊失败借款条约，尚复多方掩饰，冀图诿卸，欺嚎国人，以速外祸，故据实详陈，以符事实。至兴之责其毁约，非反对借债，实反对此次借款条例，于熊总长个人更无私恨。本日熊来电，谓兴反对借款，而参议院同盟会员意在即日将七条通过表决，与公意极端反对，龄实惶惑无主，莫知所从等语。此真儿戏之言。兴对于国家存亡所关，既有所见，自当忠告，岂敢挟持党见，而以国家殉之。无论何党何人，兴均以诚意相劝，务期平情论事，共维大局。敬请主张毁约，勿拘党见，勿争意气，致陷我国家于悲境。忧心如焚，无暇择言，诸祈谅察为幸。黄兴叩。微。

附一：

熊希龄致黎元洪及各省电

1912年6月10日

借款事，外人要求监督财政，人心愤激，各报所载，集矢于龄，内疚神明，外惭清议，不敢为个人名誉稍有辩护。唯此中艰难曲折，有不得不详陈于左右者。希龄前以国民委托，深知财政困难，未敢担负，五辞不获，乃就斯职。接代后南京库储仅余三万，北京倍之，不及六万，东张西罗，寅食卯粮，危险之状，不敢告人。到京时正值银行团与唐总理谈判激烈，要求请派外国武官监督撤兵，会同华官点名发饷，并于财政部内选派核算员，监督财政，改良收支。两方争论，几将决裂，人心惶惶，谣言百出。适龄承乏其间，屡次驳辩，武官一节乃作罢论。然支发款项，各银行尚须信证，议由中国政府委派税务司经理此项垫款。至于财政部内设立核算员，无异日本之于朝鲜，无论何人，无不反对。银行团坚执前清时代铁路借款均由洋员司账查账为词，不肯让步，遂改议于财政部外设一经理垫款核算处，财政部与银行团各派一人为核算员，管理支付垫款；会同签字及稽核账目，并声明此项账目，只能及新垫款所指之用途，不能出于垫款用途范围之外，俟至阳历十月垫款支销馨尽后，即将核算处裁撤。此等勉强迁就办法，出于万不得已，曾经于国务院、参议院会议时据实直陈。事关国家重要，希龄虽不敢自擅专，然外交无术，咎所难辞。窃维希龄束发读书，稍知廉耻。关于借款及华洋合办之事，向亦主张反对，国人所知，何至一入政府即丧天良？无如国事危迫，实逼处此。当与银行团抗争时，屡欲决裂，而南北两方军饷甚迫，南京来电，兵已食粥，北方各军，衣尚着棉，阴历四月初一至初五，须放急饷八十万两，哗溃之势，即在目前。而黄留守告急之电，一日数至，并称二日之内若无接济，大祸一至，谁当此咎，留守不负责任，等语。昨日上海各商会来电，并为沪都督要求速汇欠款三百五十万两，以济急需。此外山、陕、甘、新、皖、浙、鄂、闽等督，飞电请款，迫不及待。陕西代表于右任等屡次坐索，应付俱穷，借贷无路。甚至大清银行房地，亦不得已而抵押，存亡呼吸，间不容发。希龄自顾何人，敢以国家为孤注之一掷乎？前见美使力劝中国节用，不可借债，英使并谓华人反对借款，何不自己捐钱，免得借债，等语。外人尚且如此，龄等亦岂愿甘出此借债之举？今银行团虽已拨款三百万两，稍救燃眉；然所约七款大纲，系属信函，并非正式合同。公等如能于数日之内设法筹定，或以省款接济，或以国民捐担任，以为外交之后盾，使南北两方军饷每月七百万两，有恃无恐，即可将银行团垫款借款，一概谢绝，复我主权，天下幸甚，非仅保全希龄名誉也。现在南北两京，数日之外即速须巨饷，并乞公等速派专员来部查看情形，切实担负，以救危局。希龄智力薄弱，值比财政极紊，饷需奇急之时，责备之加，固不敢辞；而大局所关，不敢不广征众议。诸公爱国热忱，世所钦仰，如有嘉谋良策堪以救此眉急者，务望迅速电示。如希龄力所能逮，无不切实奉行，临颖无任翘盼之至。除将各处催饷电文另密电呈览外，特此奉布。

附二：

李书城致熊希龄电

1912年6月10—13日

熊总长鉴：阅蒸日致克公电，不胜怪叹。克公因触电扇伤指，病卧未起，未便遽行转达。书城忝参机要，凡此间内情，知之甚详，敢代为一一答复。尊电谓此间前所收七十五万元，即为垫款易取军钞之数，责克公一概抹煞。

记公于4月26日来宁，面允由上海捷成洋行借款项下，拨交现银百万元，钞票百万元。然所拨交者，仅28日六十万元，29日三十万元，5月1日十万元，尚差一百万元。公云陆续再交，嗣后5月11日拨五万元，14日拨五万元，16日拨十万元，17日拨五万元，20日上海拨二十万元，镇江拨二十万元，21日拨十万元，共计七十五万元。自此以后，公再无一文拨交，公得毋即指此款为垫款耶？其日期实在发表垫款合同之前，且与公所指拨之捷成款数犹有未足，何得谓此即垫款？则非克公之抹煞可知。又谓签押七条垫款，由克公屡告急所致。夫此间欠饷已久，情形急迫，原系据实相告。又同时有密电致公及国务院，请实行国民捐及减俸，或由中央发行不兑换券，并有金钱宁受损失，国权决不甘退让二语。公乃以告急之故，他不暇计，竟拼结亡国灭种合同，以为唯一方法，堂堂总长，何一愚至此！又谓克公电云，二日无款接济，大祸立至，近已数旬，尚无危机。据此，则知公既无款接济，又不肯发行不兑换券者，盖欲立候此间大乱，以塞克公反对垫款合同之口。继见经久未变，又复反唇相诘，深以南方未乱为恨，公之存心，岂尚可问？不知连月欠饷已数百万，当日情势实极危迫。自公签字之垫款合同发布后，克公首先反对，各军官佐士兵均天良发动，不忍迫催欠饷，自行典质食粥者有之，又分途自向商店挪借者有之，今日数十元，明日数百元，东扯西凑，竭力支持，以至现在。此间发饷领条，多系二、三百元一领可以为证。其不至以饷缺哗溃者，皆克公之精神所感，亦实因南方军人富于爱国心之故，在当日实未意料及此。而公乃以告急未乱为揶揄，人之无良，亦胡至此？又谓南京、苏州屡电拨款，均一、二百万为言，则留守府自五月二十三日蒋次长来宁，反对公所订垫款合同后，除请办国民捐、发不兑换券外，并未提及请款一字，国务院及尊处俱有电稿可查，不得任意捏造也。至谓克公不肯支用国民捐为层层紧逼，则前电明云政府尚未颁布国民捐章程，未便擅动，自系至理，乌得谓为紧逼？又谓参议院为一国主权所在，奈何不尊视立法权。不知克公前电云，此次约由公订，应由公毁，毁约非借款比，此语全由公电以毁约自任，又不实行毁约而生。若借款之必经参议院决议，尽人皆知。尚何待言。且克公初次反对之电，已云请参议院主持毁约，是足为尊重立法权之确证。又谓克公于政治少所经验，第一次主持建都南京，而北方兵变，第二次主持国务员拥兵北上，而苏州又兵变。今责克公于政治少经验，是公俨然以大政治家自命矣。夫克公之政治经验如何，鄙人不能尽知。至公自命为政治上富有经验者，观公自任财政总长以来，未闻有所建白，第一轰轰烈烈之事，当即为此次所订垫款合同七条可以骄人耳。大政治家所订合同，当可即作为铁案，一字不能增减，何以经未有经验克公反对，而公即允毁约，又云可以改正。吾知此七条经改正以后，必较公所订原约损失国权处稍轻，当亦公所承认。如此则公之自命为有政治经验者所订之约，反为少经验者之所反对，而得修改稍善，则又何说？至都北都南，何与兵变？若以此为罪，则政府北迁时，南京亦有赣军之变，又将谁尤？盖兵变原因复杂，未可执迁都一事以为论点。此中关节，明眼人当自知。国务员带卫兵北上，系当时唐总理在南京与众议拟之词，最后乃由克公毅然取消。当时鄙人亦有所赞助，公所言适与相反。且与苏州兵变，尤风马牛不相及。窥公之意，似欲言第三次主持反对垫款合同，而某处兵变，但恨无可附会耳。且甚欲南京再有一次兵变，以重其罪，故以上所言。近已数旬，尚无危险，实有失望之意，公自问有此心否乎？鄙人不敢诬公，在公扪心自省而已！又谓将来国家必亡于克公之手。譬之医生，用刀割治病人而不为封口，听其腐烂致死。此语尤为狂谬。夫公所谓将来国家必亡于克公之手者，其罪案指在此次反对垫借合同耳。然则公所订垫款合同，当即为救国之圣药，而敢反对公所订合同一字一句者，即为亡国之魁。似此，则参议院及国人之要求公改正此约者，均为亡国之一分子矣。且此约一经改正，即可亡国，照原约履行，国即可以不亡，公敢悍然承认此言乎？吾书至此，气已不能再忍，敢正告公曰：公订此合同，将来国家必亡于公之手。而国家或不至亡者，则克公反对之功也。是何以故？盖克公此次反对在垫款合同七条耳，并非反对借款也。如因反对之影响，而使合同可以修改，不至如公所订损失国权之甚，则国家可以获借款之利，不受借款之祸。试问孰功孰罪，不待智者可以知之。公负亡国之罪，而责有功之人，非丧心病狂，亦何至此！又谓公牺牲个人名誉，以暂救目前国家之生死，则公何为将南北国库支绌密电请款情形，尽行宣布，外人周知，愈有所要挟，不计国家生死，唯图洗刷一己之名誉，公虽有百口，尚何能辩？又谓目前受辱，未始不可报复于将来，此真小人无赖之言，非堂堂总长所应出口。政见虽各不同，皆为国家大计起见，并非克公有私怨于公，何险狠一至于此！岂将以总长之威严，拿办退职留守之老革命党乎？殊可哂也！总之克公之反对垫借合同，实公诚为国，未含一毫私意，责公改约，实所以助公。且闻公亦有所迫，未尝不为公原谅。故每次电文，除驳公合同之失败及责公毁约外，并未伤及公个人私德一语，电文俱在，可覆按也。且书城自武汉战争时，即相随克公至今，知克公与公之交谊亦最悉。当南京政府成立时，克公推荐公为财政次长，以各省代表反对而止。北京政府成立之时，参议院激进派人多谓公为前清猾吏，拟反对公为财政总长，赖克公多方劝慰始得通过。此两事者，皆公所深受，当能忆及。可见克公事事皆呵护公，于公绝无私怨隐恨。此次反对垫款合同，亦无非爱公之心深，故责公之言严，凡此皆因克公误认公为有才所致。蒸电狂悖若此，公若尚有一息之天良，清夜自思，何以为人？书城寻绎数四，终不能释此疑问，岂公脑筋受激刺太甚已改常乎？如此则民国财政命脉操于狂人之手，危险奚如！抑或此电系他人主稿，事冗未及细阅，故有此误乎？非此二者，公于克公为公为私，均不应有此狂悖之言，故来电不敢转达克公。望公明白见示，以便于克公前代公解释，全公与克公之交谊。临电惶惑，立盼电复。留守府总参谋李书城叩。

解职通电

1912年6月14日

北京袁大总统、国务院、参议院、武昌黎副总统、各省都督、上海《民立报》鉴：自临时政府北迁，此间军队林立，亟待整理，大总统特设留守机关，以资震慑。此时兴以将去之身，强被任命。就职以来，深恐抚绥失宜，贻误大局，夙夜祗惧，如履春冰。幸赖各军将士深明大义，诚信相孚，得免重咎。自4月至今，与署内各员极力筹备整理方法，依次实行。约计宁垣军队，现已裁撤者数逾三分之一，其存余各军队亦均商定办法，按期分别裁并。虽其间饷项支绌，积欠数百万，罗掘既尽，应付俱穷，而各军士兵幸尚安堵。自借债条件失败后，共念时局危迫，除一律减薪助捐外，更有自请解甲归农，减轻国家负担者。可见男儿爱国，心理所同。起义光复之人，断无拥兵自卫之举。嗣因北方言论猜忌环生，不审内容，每多臆测，以为南方存此特别机关，势同树敌。且北方来电，谓此次借款，外人亦注意南方军队。兴睹此情形，殊非国福。窃恐内讧叠起，外患丛生。又以宁垣军队整理已有端倪，地方秩序自赣军变后亦渐回复。不如将留守机关早日取消，可使南北猜疑尽泯，庶几行政统一，民国基础日趋巩固。故自去月13日起，叠次电请大总统取消留守一职，至本月4日始奉令允许，所余军队分别归陆军部、江苏都督管辖。兹于14日已将一切经手事件交代妥帖，此后机关概已付托后人，务望各勿猜嫌，同舟共济。唯是财政奇窘，百废待举，外款要挟，实可召亡，自救之道，不宜或缓。公等谋国深远，愿好为之。兴江海奔驰，已弥年载，行能无似，肝胆犹存，本非畏难而卸责，亦非高蹈以沽名。自此退居田里，同为国民，倘有一得之愚，仍当竭诚贡献，借尽天职，以副初衷。兹值去位，聊布区区，伏惟谅察。黄兴。印。

布告各界文

1912年6月14日

中华民国元年六月十四日，解职南京留守黄兴，敬告我父老子弟左右。兴自交卸陆军部事务，忝任南京留守，与诸父老子弟相处，又已逾两月。兹当解职，谊不能无一言。兴湘上鄙人也，文质无所底，然稍具世界观念。频年以来，奔走国事，幸随诸豪杰后，创造共和始基，大局粗定，差免重咎。本年4月政府北迁，大总统念南方军众留遣需时，强命兴为南京留守，受任后方，筹所以整理及一切裁撤方法。乃未六日，而赣军变作，致吾父老子弟惊恐备至，每一念及，实由兴镇抚乏术所致，且愧且痛。两月以来，实行整理裁遣之计划，除赣军投诚者首先押送回籍外，浙军则全数遣归，次遣桂军六大队，再次则粤军陆续开拔。其各军统各师长司令部深明大义自请取消者，尚络绎不绝。此外减缩军队之各种办法，迭与各军、师、旅长等会商妥协，依次进行，计已经遣散者约三分之一。因念留守一职原为暂设机关，读大总统所颁条例，有曰"南方军队整理就绪，即行裁撤"等语，是用遵例，迭请取消。而诸父老子弟不以兴为不职，屡致函电款留，待兴诚厚。唯其中有与大局相关者，不能不略述之。民军起义，实首南方各省，南北统一后议设留守，不过因时制宜，而北方物议沸腾，或疑与政府对峙，或谓机关不一易兆分离。兹幸南方各军整理已有端倪，若不及早取消，不独有碍行政统一，且使南北猜疑益深，实非民国前途之福。兼以百端待举，国库空虚。自前清以国用殚竭，重以赔款，先后借债达数十倍。今之当轴更主张大借外债，以资建设。夫借外债，诚非得已，然因窘迫仰望之故，至使外人要挟，侵失主权，我父老子弟应同声痛愤。当此之时，苟可以节糜费者，自当力从节省。使留守机关一日成立，即多一日费用。且此次北方借债失败，竟以南京军队为词，尤所难堪。而就近日事实上观察，此间对于各军队布置均已略定，留守一职，势同赘疣，实以取消为宜。本月4日奉大总统令，允许取消，所有军队分别归陆军部、江苏都督接管。从此付托得人，不难日臻上理。望诸父老子弟毋怖毋惑，毋以兴之去留为念。自今以往，兴归为共和国民，区区之私，诚极愉快。所歉然者，与诸父老子弟相依相处，前后凡五阅月，对于地方各要政，其已计划者，或议而未行，或行而未就绪，是因时与势为之，不免引为内疚耳。务望我父老子弟勤勤自治，以与都督程公共为辅助，则不唯东南半壁颂兹福利，将来大局实攸赖之。临别依依，不尽所怀，唯共谅是幸。黄兴。

布告将士文

1912年6月14日

中华民国元年6月14日，解职南京留守黄兴，敬告我将士诸君左右。兴承乏留守，已两月矣。以绵薄之才，处嫌疑之地，夙夜祇惧。幸赖诸君子一德一心，共扶危局，既纫公谊，共缕和衷。慨自南北统一，政府北迁，曾日月重光，烽烟已靖。然战争之余，四民失业，疮痍满目，鸡犬时惊。差幸两月以来，商集于廛，士安于校，已渐苏积困，颇复旧观。此诸君子严申军纪、共维治安之功也。主客各军，星罗棋布，方音隔阂，冲突堪虞。加以筹饷维艰，量沙无术，饥饿所迫，成令难行，卒能竭力维持，免于哗溃，此诸君子深明大义、固结军心之功也。以债殉国则国危，以民养兵则国困。诸君子痛国权之损失，慨民力之难支，于是减薪捐俸，以济时艰，裁兵归农，以节军费。此尤忠忱贯金石、义声震遐迩者也。兴对于我忠爱之军人，酬庸未竟，积歉方深，近日力谋所以安置之方法，规划甫定，略分两端：其一退职军官之补实也，其一退伍兵士之周恤也。军官补实之法，前已电请中央政府允准施行，一俟各军表册造齐，即可按级请补。军士周恤之法，按照道里远近，除应给饷银外，酌发川资，必使安返里闾，不致流离道左。以上二者，必期实践，凡我将士，可无疑虑。唯兴自今之后，所殷殷期望于诸君子者有三：曰爱国，曰保民，曰服从军纪。攘权夺利，逞威黩武，谓之国贼；恃众暴寡，倚强凌弱，谓之民蠹；违法蔑纪，倒行逆施，谓之乱军。有一于此，国亡无日。我赤心爱国之军人，当断不忍出此。兴虽去位，心不忘国，尚期互相劝励，永保治安，以竟全勋，而保荣誉，此则日夜祷祝于诸君子者也。溯自起义以来，我庄严璀璨之民国，实诸君子热血所构成，我共和大同之民族，尤诸君子精神所熔铸。兴也何心，敢贪天功，以为己力。值此同舟共济之际，原非束身远引之时，唯内察国情，外观时局，猜嫌日甚，隐患方深，欲以国事为先，不得不奉身以退，此则兴所不忍与诸君子诀别，而又不敢淹留者也。《易》曰："其亡其亡，系于苞桑。"民国安危，争此呼吸。兴与诸君子同兹利害，何分去留？此后之关系，不在形式，而在精神，不在私情，而在公义。如兴有不忠于国、贻害于民者，愿诸君子以正义责之，兴俯首受罪以谢天下。诸君子之行动，兴苟见以为不合者，亦当勉效忠告。掬此热忱，庶几宏济艰难，共跻福利。谨效古人赠言之义，不胜临歧感别之情！敢布区区，伏惟谅察，民国幸甚。黄兴谨布。

《铁道杂志》序

1912 年 8 月

吾国铁道，始于前清光绪二年之淞沪路，视欧美各国，已后六十余年。今全球敷设者长凡五十余万英里，几以铁道之修短，为国家之强弱。而我国尚寥寥可数，且为外人经营者十而八九。固由清廷昏庸无识，任外人侵我交通行政权，抑亦信用久隳，国民又生计艰难，故相率观望不前也。今者共和成立，欲苏民困，厚国力，舍实业莫由。然不速建铁道，则实业决难发展。盖实业犹人身血液，铁道则其脉络。脉络滞塞，血液不贯注，自然之理也。本会有见于此，爰于研究进行之余，发行杂志，以唤醒国人均有铁道观念为主旨。且国家新订法律，事事皆求保障国民，议会又时时得以监督之。自兹以后，政府与人民可各释疑虑，先以铁道为救亡之策，急起直追，以步先进诸国后尘，则实业庶几兴勃也乎！民国元年八月。黄兴识于沪上。

致北京国民党本部书

1912 年 10 月 18 日

俄国近来革命风潮，早有跃跃欲动迫不及待之势。唯一二狡诈之政府中人，反利用此时机，故做种种繁难对外之行为，借为靖内之方针，以期两得其便。又见吾国数月来党争时有所闻，一旦即有外患，必无一致进行之策。且库伦僻处荒漠，而又正值冬令严寒，吾国目前进兵，天时地利均犯兵家之忌，比至春暖可战，则彼一切布置俱已周备，即可反客为主、以逸待劳矣。然据弟愚见，彼若一与我国用兵，国内立见瓦解动摇，不可收拾，必不能阻我征库为强硬之干涉。至实行进兵，则北兵素耐寒苦，而又习知边情，可即用为先锋，立赴前敌，南兵当即整备完毕，一俟阳和令转，便能长驱直进，以为后援。至人心饷项一层，现国民被其刺激，踊跃非常，自能源源筹划，继续接济，亦无容过为疑虑。乞襄助政府早定大计。昔人有言：

自非圣人，外宁必有内忧。吾国此时亦当以一切党见之精神岁月移以对外，切不可迁延违误，堕彼术中，致遗后兹无穷之祸。

《国民》月刊出世词

1913 年 3 月

昔者天祸中国,丧乱弘多,独夫秉政,蹙国百里。吾党不忍坐视国家之亡,思有以救之。而世界大势日趋于平民政治,吾人乃亦以平民政治为归宿。盖国家者,非一人独有之国家,乃人民共有之国家。以人民为国家之主人,起而担负国家之重任,此固理之至明,而亦情之至顺者也。登高丘而四望,专制黑雾既弥漫于神州,雨晦风潇,长夜不旦。吾人以不忍之心,发而为果决之气,集合同志,以椎击祖龙之手段,为传播文明之利器,趋世界之潮流,救中国之危弱,辛苦艰难,屡仆屡起。迨至武昌起义,海内从风,不百日满清退位,共和告成。此固吾同人至大至刚之气。贯彻到底,故能转移全国人民之心理;而亦人民苦专制之束缚,乐共和之自由有以致之也。虽然,共和告成,国基遂巩固矣乎?四郊多垒,民卒流亡,内政外交,紊然无纪,建设维艰,需才孔急,瞻顾中国,我劳如何?此非吾人息肩之秋也。况世界进步息息不已，而共和人民皆有担负国家之责任。美、法立国百余年矣，爱国之士，日以改良政治、谋国家之进步为事。可知建设事业非一蹴可几，亦非一成不易。吾国共和改造之初，风雨飘摇，根基未植，人民危惧，在在堪忧。吾党所负之责任，当十百倍于运动革命之时。集优秀之人民，为政治之讨论，民国前途达于何等之程度，一视吾党之能力若何。是国家对吾党所依赖者颇巨，而吾党对于国家所担负者甚重也。人之爱国，谁不如我？则凡隶籍中国者，应各有爱国之热心。政体改造，虽素与共和反对者，当亦洗心革面，勉尽国民之义务；而况吾党与共和国家有密切之关系，则爱惜之而维持之。应更恳恳者也。吾党今日所处之地位何如乎？国会议员发表，吾党实占多数，足证吾党之政见合乎公理，所以得人民之赞同。占优胜之势力，而有左右政治之机会。吾人宜应时急起，实行吾政见，以慰人民希望之殷。吾人当以前日运动革命之精神，运动革命之心志，扩张其学识，磨砺以经验，必使中华民国达于完全巩固之域。国家主权稍有损失，则必起而力争。思国内之人民，有一夫不被共和之泽，若己推而纳之沟中。此吾党之宏愿，所当黾勉以赴之者也。

今者，正式国会成立在即，建设共和国家之第一着，首在制定宪法。宪法者，人民之保障、国家强弱之所系焉也。宪法而良，国家日臻于强盛；宪法不良，国家日即于危弱。吾党负建设之责任至繁至巨，首先注意宪法，以固国家之基础。善建国者，立国于不拔之基，措国于不倾之地。宪法作用，实有不倾不拔之性质。将制定宪法为吾党莫大之责任，吾党国会议员，应以平日之学问，出而为临时之讨论。而全体党员之优秀者，尤当以远大之眼光，缜密之心思，悉心商酌，发表所见，为吾党国会议员讨论之助，并以转饷一般人民。此《国民》月刊之出世，为吾党第一之希望也。至于发挥党纲，指导国民，固应有之事，不具论焉。民国二年三月黄兴书于上海。

祭宋教仁文

1913 年 4 月 13 日

唯中华民国二年四月十三日，黄兴等谨以珍蔬玄酒致祭于宋先生逐初之灵曰：

先生非可死之人，今非先生可死之时，私党狙击非死先生之道，而竟车站一瞬遂殂元良乎？自先生之殂，卒卒时日，寰宇不春，薄海群黎，以泪洗面，瞻念国故，涓涓以悲，时复废箸，频首痛哭入梦者盖二十日于兹矣。彼二三巨恶，自阅新丧，曾未尝不哀辞琅琅以欺国人。先生生而为英，死而为神，朗朗天路，当升而为雷霆，降而为地震以惩警之。独吾生死并命之国人，际此哀典，捧泪一掬，尚为先生所神明眷念凄怆享之者乎？自民国失先生昔之戚然于边患者，今则撤守受降，回车集中矣；昔之与民同体者，今则鸣珂清跸，深居旧宫矣。呜呼，曾几何时，乃至于此！国人闻之，已对此祸胎怆然泪下。矧一灵未泯，尚记先生临命遗恨之言乎？先生聪明，在天之灵，宜烛其奸。

默度先生临此哀典,当必如曩日之晓著朗畅,慨慷诏吾,俾践吾侪与先生十年来平民政治之约,以巩共和。顾自先生之丧,良直君子,捐弃旧恶,以一进行。即令枭恶相济,造作祸难,秉吾忠贞,当可克之。此吾国人借先生今兹之来享,佐蔬酒以告慰者。嗟呼!诛奸救民,后死之责不胜,则此日挥泪灵前之众,既继先生以死之魂矣。尚飨!

与程德全等讨袁电

1913年7月15日

近日北军无端入赣,进逼德安,横挑浔军,迫之使战。又复陈师沪渎,威逼吾苏。溯自政府失政,狙害勋良,私借外款,暮夜签押。南方各督稍或抗之,意挚词温,有何不法,政府乃借辞谴责,罢斥随之。各督体恤时艰,不忍力抗,亦即相继谢职,静听后命矣。政府乃复于各军凝静之时,浮言甫息之会,耀兵江上,鞠旅海蜗,逼迁我居民,蹂躏我秩序。谣诼复兴,军纪大乱,政府倒行逆施至此,实远出意料外。吾苏力护中央,凤顾大局,今政府自作昏愦,激怒军心,致使吾苏形势岌岌莫保,德全对于政府实不能负保安地方之责。兹准各师长之请,于本日宣布独立,并由兴受任江苏讨袁军总司令。安良除暴,本职所存,出师讨贼,唯力是视。至民事一方,仍由德闳照常部署。呜呼!国事至此,尚何观望?诸公保障共和,凤所倾仰,特此通告,敢希同情。程德全、应德闳、黄兴叩。

讨袁通电

1913年7月15日

北京国务院、参众两院、武昌黎副总统、各省都督、民政长、护军使、省议会、上海海军李总司令,并海琛、海圻、海筹、海容、应瑞、肇和各舰长,《民立报》转各报馆,扬州徐师长、吴淞姜总台官、江阴陶总台官、北京《民国报》均鉴:近北军又复轻师袭沪,入据各厂,闻风之下,惊骇莫名。自宋案发生,继以私借外款,袁世凯之阴谋一旦尽露,国民骇痛,理有固然。兴当时悲愤之余,偶电中央,婉词切责。湘、赣、皖、粤四督坦怀论列,亦本之忠爱民国之心。乃世凯遽有异图,日作战备。当时世凯罪状既彰,岂难申讨?徒以天下甫定,外患方殷,阋墙之戒,乃所宜守。爰戢可用之兵。徐俟元凶之悟。兴虽得世凯砌词辱骂之电,置而不答。四督何遣,罢斥随至,亦各决心谢职,翩然归田,宜可以告无罪于世凯矣。乃彼豺狼之性,终不可移,忽于各省安谧之时,妄列大兵于江海;

当蒙边不靖之顷,转重腹地以兵戎。倒行逆施,至于此极!推其用心,非至剿绝南军、杀尽异己不止。似此绝灭人道,破坏共和,谁无子孙,忍再坐视?兴今承江苏程都督委为该省讨袁军总司令,视事之日,军心悉同,深悔待时留决之非,幸有急起直追之会,当即誓师北伐,殄此神奸。诸公保育共和,夙所倾服,望即协同声势,用集大成。兴一无能力,尚有心肝,此行如得死所,乃所尸祝。若赖我祖黄帝之灵,居敌忾同仇之后,天下从风,独夫寒胆,则兴之本志,唯在倒袁。民贼一去,兴即解甲归农,国中政事,悉让贤者,如存权利之想,神明殛之。临电涕泣,伏唯矜鉴。江苏讨袁军总司令黄兴。印。

江苏讨袁军总司令誓师词

1913 年 7 月 15 日

袁贼万恶，民军起义，备受摧残。嗣因清帝退位，赞成共和，起义诸人不忍同胞相残，忍辱就和。自彼攘政，专锄异己，不惜国难，信用奸佞，毒杀志士，蹂躏国会，私借外债，四都督力伸公论，竟获罪谴。蒙氛内逼，彼废弛国防，宁以土地割让敌人，不御外侮，而拥兵以扰害南方。我军士以血构之民国，为彼攘夺；攘夺不止，重以破坏，其极必至于亡国。国人同有身家，岂能坐视？兴忝附起义之名，深扼亡国之痛。前此自辞留守，对于我军士应尽之责未终厥职，原冀彼此破除猜疑，宣力国是。讵料袁贼变本加厉，保全禄位，宁亡国而不恤。近且进攻江西，残虐良民。上海南来之兵，纷纷接踵，商旅停滞，居民恐惶，衅自彼开，忍无可忍。江西背城借一，虐民之贼军，天诱其衷，覆没过半。各省闻风继起，同声讨贼。程都督内审舆情，外察大势，知非扫荡逆贼，不可以保全共和。

爰徇众军士之请，委兴为江苏讨袁军总司令。兴德薄能鲜，义无可辞，乃率将士即日誓师，联合各省义军，奋旅北伐。但使民贼授首，国基大定，兴即退避贤路，与国民共享升平。尚冀我军士协力前驱，众志成城，伸同胞之义愤，去全国之公敌，精诚所感，金石为开。江西以一省新练之军，御袁贼全部精锐之卒，士气振奋，遂歼劲敌。盖理直则气壮，情怯则势孤，顺逆有道，成败在人。今者大军齐集，率吊民伐罪之师，讨众叛亲离之贼，犹摧落叶而扫枯枝，胜算之操，可以预决。兴竭九死之身，努力驰驱，不除袁贼，誓不生还，凡我军士，共鉴此忱。

与程德全发布告示

1913年7月16日

照得江苏省此次宣布独立，保卫商民，维持公安，乃第一要事。凡地方财产，应即一律保护。本总司令受任讨袁，誓师就道，悉本此旨，断不忍令人民稍受惊扰。核计苏省军队，足敷讨贼之用，一时无庸招致新军。如有可用之才，本总司令自当量为器使。诚恐有不肖之徒，借故招摇，召集市井无赖，为害地方，复私自劝捐，以为肥己地步，或假托驻兵名义，没收公用私有财产房屋，以便私图。为此布告商民人等一体知悉，如有以上任意招摇、借端敲诈情弊，准即扭送本司令部，定即严惩不贷。其或出赞大义，自愿输财，自本司令之所祷祝，此则当亲到本总司令部报明存案，慎勿受人愚弄，使人中饱，其各知之。特示。

致各友邦通电

1913 年 7 月 20 日

东南各省因临时总统袁世凯假共和之名，违法罔民，爰起义师，宣布独立，初无他故。夫为总统者当悉本民意，以执行政事。唯袁世凯违犯约法，蹂躏国会权限，凡腐败不堪胜任之私人，无不高居要职。爱国志士，惨遭谋毙。迹其罪恶，甚于专制暴君。我人先拟依据宪法，令袁世凯退职，以谢人民。法律解决既经无效，乃不得不诉之于武力，做最后之解决。今兹讨袁之军，其目的唯在保障共和，维持人道。因此而牺牲一切，亦所不惜。此次起义，并非新旧战争，更非南北决斗，除推翻欺陷我付托之民贼外，毫无自私自利之心。倘袁世凯知全国向背，顺从民意，辞退总统之职，则我人亦立即解甲归田。自战事宣布后，北京政府已失宪法上效用，请列强告诫各资本团，勿再交付款项于北京政府。凡合同等在宣布独立之前与袁政府所订者，新政府成立仍当继续有效。唯在宣布独立之后所订合同借款等，无论如何，一概不能承认。我人更欲宣布各友邦：凡在独立境界内，各国居留民之生命财产，我人担任完全保护责任。我人深信各国必能持友好之态度，特此宣告，愿各友邦之谅察也。黄兴叩。

辨 奸 论[①]

1915 年 12 月 26 日

现时各国之关系日益密切，而欧亚两洲中之纠葛，又大有打破将来和平局面之恐慌。故凡有心于将来世界安乐、人类利益之士，对于现局之表示，均应小心衡度之；且须以政治家之手段，指导将来之趋势，而不当处于被动之地位者也。

近年以来，各国中违背公平人道与夫诚信之轨者，屡有所闻。因是之故，是以有欧洲之战，与其发生后种种惨剧。不意欧战未已，复有一变状突现于东方。其事之重大，可影响于美国之郅治富盛者，实前事所未有。今美国执政已晓然于遗世独立政策之不可复行，吾知美国之民亦不能以敝（吾）国之事，视为无关重要矣。盖中国将来之富强与否，全视美国之富强为依归。中美间之事物相同，利益

[①] 本文原为英文，以读者投书形式，发表于 1915 年 12 月 26 日《费城新闻》（*Philadelphia Press*）。

相共者，为数不可屈指数。就地理论，则中国以太平洋与美相连接。其不尽之矿藏，与夫种种财源，举待发展，其广大之市面，又待供给。迨巴拿马运河成，而两国间之商务交际互助之联络以立。

原中国人之意志，固欲效法美国之主义目的，以图造成一大民主国者也。何期十一日电报传来，竟倡变革，民主毁灭，袁氏称帝。夫以吾人不顾生命及种种所有，而换取自由平等正谊人道之幸福。四万万之众，积怨独夫虐政专制之流毒者几千百年，今剐晓然于自由爱国之新义，谓能顺盗窃政柄之阴谋私意，举吾人破家流血所得之幸福完全毁弃，而率一己以及子孙，复奴隶于专制帝皇贪欲之下耶？公等乃大自由国之伟大国民，宁为伪造之选举所欺，与"人民无统治力"之诳语所骗，坐视袁世凯举连接东西两大共和国善意利益之枢纽自由撕灭，且任其种伏东方将来战争革命之祸根耶？况中国之共和存于东方，则美将来万一有急，亦可得一共和友国为做屏障，常受其热诚活泼之援助。不然者，吾恐民主主义失败，而专制侵凌之祸起矣。

顾受袁氏之金钱而为之辩护者，动谓袁为现时中国最大之伟人、东方之强士；又谓中国共和等于无物，华人不知自治，素性崇拜帝皇，以一般并无经验之故；总统继承问题，必为争乱之本；诸如此类，不一而足。袁世凯与其党徒欲证实上说之可信，遂不惜牺牲多数爱国男儿之血及小民脂膏以自解免，自称四万万华人已举彼为帝矣。仆于1914年12月23日一函，曾言袁氏统系的计划之目的，端在帝位矣。顾以袁氏就任之时，曾为"竭其能力发扬共和之精神，涤荡专制之瑕秽"之严正宣誓，及至最后时间，犹胆敢向世界宣言，不认自己有一点帝皇思想，复屡屡以追美华盛顿为言，谓外间所传彼挟君主之野心，实其仇敌捏造，欲以煽动内乱。仆因是之故，沿迄于今，犹未敢强人相信，谓彼之种种作态，将以为今日僭政之地步也。抑仆之缄默，与吾华数万万同胞之缄默，岂吾人本意哉？夫亦根上述之原因，故未即哓哓与辩耳。今袁之行事，已证明其为狡猾之乡愿。原彼之意，固谓己之野心，不至酿成变乱，故不惜掩其假面目，而静候登极之佳期也。今吾人平素所信已变为真，敷陈事实，断不能复诿为怀挟恶意。仆于是不敢放弃义务，特以明洁之笔，举现局之危于中国与危于贵邦者，陈诸诸公之前。先就袁氏与美人辩护者之要点一讨论之，诸公其许我乎？

说者谓：袁世凯为现时中国之最大人物。以袁任中华民国之总统，目为最大人物，固理所应然，其说自无足深辩。然诸君亦知袁之所以得成最大人物者，果何自来耶？亦由彼现时所仇逐之共和代表自甘退让，因是始造成袁氏今日之权势。

而说者又谓：袁为东方之强士。欲知是说之真伪，必须解析其权势之本来。夫袁之权势，即在彼扪心自问，固不敢谓从个人正直与统治无私得来也，特幸而遭值机会，出其狡猾诈伪之手段，以蒙蔽少数浅见之辈，使不获窥见其帝欲之隐私，予以赞助，故袁氏得有今日耳。袁之诈伪与其表里行为皆已暴露，自私之目的又极显著，此晚近来赞助袁氏之重要分子所以逐渐解体，有如夏日之雪也。

说者又谓：中国共和几等无物。但试问：孰操政舵，以致无物？失败之咎，夫谁任之？迹袁氏数年来往事，其有意使共和失败，俾得归罪于人民之不能自治，与借口于君主之必要，在在皆有线索可寻。仆之原意，本欲揭其详尽证据，条告诸君。防扰清听，遂致未敢。今仅略述一美人熟于中国情形者之言，以实余说，当亦诸公所许也。其言曰："袁世凯于北方教唆兵变，以造成其留居北京之必要，因而能威临恋爱自由之南人；遣奸徒四出煽乱，以造成其遣派野蛮兵队之必要，因而得占领南方各地；施行暗杀，蹂躏人民自由权利，破坏人道正义，以造成革命之必要；及南人不忍桑梓受祸，彼又实行用兵，逼成二次革命。综袁氏之计划，无不以推尊一己为主义，欲尽餍其无厌之欲。于是不惜杀尽仇敌，解散国会，私订宪法，奉己以魔皇无限之权，拔除爱国民主之精神，禁压人民之意思，威压全国，愚蛊黔蒙，吾知袁世凯为帝之必要，不久又将由各都督与其他高等官吏代为说破矣。"上文所述，系成于一年以前，然就窥见袁氏之野心者观之，其言固甚透切也。

说者又谓：华人无自治之预备，因断为君主之必要。平心言之，如谓一般华人之脑中，其了解近世民主主义，不如美人之明晰，尚犹有说；然亦知美国经多少年代，乃得达今日之完全程度耶？夫美人之习于共和，亘百余年矣，后此百年间美国统治术之进步，当较既往而益大，可无疑也。然使后世之人，谓今之美人不适于共和，有是理耶？又使今世之人，谓尔之先代不适于组织一大民主国，有是理耶？由是推之，苟因华人遭逢不幸，被叛贼背弃明誓，阴谋窃政，剥去人民一切习于共和之权利，遂诿为人民能力不足，弗能进于人类自由平等正道明谊之坦途，其无理一也。民主政治最好和唯一的养成所，就是民主政治。况君主之制，相传已数千年，使谓该制实适于华人，则宪法政治已不患无发展改良之余地？而回观数千年君主历史，竟每况愈下，祸乱相寻，从可知民主制度乃中国最宜及唯一之制度矣。盖华人之为人，若风俗、习惯、组织等项，皆含有极富之民主性质。且质地佳美，守法易驯，具建设自治共和之稳固基础。此凡熟于中国情形及与曾居中国之美人类能道之，非夸辞也。

为之解者又谓：自武昌革命日起，迄共和成立，为期仅及百日，出之太骤，故人民未有预备云云。殊不知唯全国之人同心一德，故能以极短促之时间，将一朝推倒，扫皇帝之劫烬，建强力之共和。然推其所以致此者厥有二因：一则华人均厌恶专制，一则华人均趋近共和。是以行事皆正大光明，一致勇进，绝无狡猾欺骗之弊，成功乃得如是之速。今说者故反其辞，岂非无理取闹之甚耶？

推之如谓华人醉心帝制，其说亦同一荒谬。古代仁圣勇武之帝王，吾人至今犹怀其德，事或有之。若谓华人历来皆崇拜帝王，证之往史，绝无其事。矧袁世凯投身公仆而后，确无丰功伟绩，足以致吾人之景仰者乎？数传而后，史有传，书有载，吾知叛贼、权奸、私心幸运儿等之名称，袁当独专其美矣。

若论总统继承一事，为袁氏辩护者，又谓人民无共和预备，故总统继承一节，必无完满之解决，最浅亦当酿成争执之机，墨国往事，可为殷鉴云云。以余所见，中、墨情形大相悬殊。当中国南方共和党鼎盛之际，其总统为爱国爱民起见，甘以大位让袁氏接任，绝无阻力，自制力之伟，吾不知世界历史中果有其比否耶？袁世凯则不然，盘踞大位，把持政柄，首逼国民将总统任期由五年展为十年，继又展至终身。讵壑欲未厌，今不特欲专利于一身，且思以其二十一妻妾，三十二子女晋为后妃皇子。但吾人中虽有此万恶奸凶，吾华全族并非与袁同一鼻孔出气也。要之：无论如何人，实不能谓共和之制，视君主为劣。又何况政党势力之平和的伸张，确较君主之力征经营者为吾耶？

今更进论袁世凯最近之宣言。考去年 11 月 2 日纽约《独立报》载袁氏致美民之书，其中有云："余信中国苟为帝制，其对付内乱之弱与外患同。矧当兹世界开明，君政已无相侔之道，中华帝制之不可复活，亦犹诸美国耳。"及其窃政之谋已抵成熟，彼又言："为总统抑为皇帝？均视民意为依归。"今袁氏对于世界，固谓四万万华人一致推戴，因而诞膺大宝矣。甚矣，袁世凯之诈伪也！甚矣，袁世凯之狡猾也！

道路修阻，恐诸君闻见未周，或不知袁氏狡狯之真相，用略述前事，以为论据。中国国会自正式举袁为总统之后，袁即于民国二年十一月四日勒令解散，省议会则于三年二月五日解散，其下之地方自治议会亦同时解散。顾欲继续其欺人手段，袁于是有参政院之设，派其亲信傀儡尽充议员。中国全国之立法机关扫地以尽。可知所谓由四万万华人，于合众国等面积之广区，以短促时间选出代表，选举投票等事，不特纯属儿戏，抑亦势有所不可也。又何怪著名素以袒袁为主义之上海《字林西报》，亦复不能忍此欺伪，而为警告之辞耶？其言曰："使戏剧之终局，而果与实事相符也，吾知中外人士多欲坐观其成，且成预备剧幕一垂，大为袁世凯氏喝彩。然苟幕复一幕，其终剧不外出于幻想一途，是又岂观剧家之本领耶？若今之所谓命令、国民会议劝进表等项，全属一派伪词，吾不知其中果有佳处否也。倘必强吾人以观此虚幻无稽之剧，平平淡淡迄于收场，则吾敢为袁世凯进一警告，彼之终剧行（将）受阻扰而致一倒采也。"

除此而外，如仆非恐以渎亵见罪，则更当以筹安会如何设立，与如何运动袁世凯为帝之详情，备陈于诸君子之前矣。复查该会设立已久之后，袁尚发出命令，通告全国，信誓旦旦，谓忠于共和，并且自承应守其严正之职务，消灭一切君政运动。同时又经访员等手，以虚伪之书，致诸美民，竭力否认。一面则筹备种种诈伪方法，步武拿翁，已死之帝制遂复活于袁世凯之手。至各省劝进之如何由政府授意，选举票之如何伪造，均不难和盘托出。第袁氏罪恶，虽罄南山之竹，难以尽书；饶燕许之笔，莫能穷相。约举数事，其余可以类推，无事哓哓为矣。

今举棋已定，称帝者早有决心。现在问题，即袁世凯是否自信称帝之后能增加权力，为中国谋长久之利益耳。假使酝酿多年，耗费财力之节节阴谋，不外破坏共和，揽持权柄，以遂其个人私欲，则帝制运动与夫称帝之事，唯招世界之诋谟耳。试观袁世凯致美人之书所云："中国苟复帝制，其对付内乱之弱与外患同。中国帝制之不可复活，亦犹诸美国耳。"可知袁氏断无意于称帝，而后勉自激励，实心为国，以期驾乎昔日之所为。抑味其书词，袁世凯已不啻自承为害国之叛贼，而称帝之热，无非欲餍其揽权之私与无厌之欲而已！且以理测之，帝制下之政治，断不能较昔日为佳，且必较昔日为甚。何则？自爱之士固不甘身事权奸，彼之委身袁氏者，必其自陷于死地者也。袁世凯逆行之第一步，即为君主立宪。然以理论之，焉有行君主立宪制度而袁能得较大之权者？在昔彼之政敌，均翩然去国，任其自由。而袁乃蹂躏宪法，蔑视民意，借五国巨债，以破坏民国。迨妄用公款，私割国土，卖统治之权，以乞怜外国，而人不加阻挠。袁于是益肆无忌惮，凡爱国志士敢于声讨其罪者，辄戮辱暗杀之，其惨无天日，求诸中国数千年历史中未见其匹。顾袁犹以为未足也。推其意，固非君主立宪之谓，亦谓将欲行使一无上之权，虽世界魔王所不敢冒者，彼亦卒欲得之。要之，暴君虐政者，乃袁之目的。将来之袁家帝业，总不外贪劣苛残，其腐败所至，当百倍于满清末叶。考诸古史，推之将来，中国专制帝王未有能支持到底者。以今日如是之腐败，爱国志士宁能自安缄默耶？清季帝政，吾人亦既同心协力以推倒之，袁之当讨，更何待论？

吾因是代表吾国四万万同胞，敬求伟大共和国之代表，予吾人以道义上之协助。回忆美国独立之际，法人曾助美以争回自由，建设民主，美民至今犹食其赐。吾知恋爱民主主义之诸公,迫于公义所在,今日亦当能力援东方之共和国民,扫去前此之贪污恶浊,养成来日之进步自由。俾数载而后,世界得睹一少年再造之中华民国,脱离战争革命,而开放异彩也。

致全国各界讨袁通电

1916 年 5 月 12 日

袁氏僭逆，毁法祸国，滇、黔倡义，桂、粤、两浙继起，其他各省亦多仗义执言，迫令退位。神州有人，国犹可立，友邦倾动，民意或苏。唯是元凶势穷，意仍负固，不除祸本，终是养痈，痛苦已深，何堪再误？历读护国军政府宣言，根据约法，解决国纷，力秉公诚，无任钦仰。此次讨逆，出于全国人心，理无党派意见，更无南北区域之可言。今既谊切同仇，务希协力策进，贯彻主张，速去凶顽，共趋正轨。兴居美两载，今新返东邻。虽驽骞无能，而报国之志犹昔，愿随国人后竭诚罄力，扶翼共和，勉尽义务，不居权位，区区此心，幸垂察焉。黄兴。文。

图书在版编目(CIP)数据

黄兴：持身以正 持心以纯 / 黄兴著. -- 北京：中国文史出版社，2025.5
（百年中国名人演讲）
ISBN 978-7-5205-4318-7

Ⅰ.①黄… Ⅱ.①黄… Ⅲ.①演讲-中国-现代-选集 Ⅳ.①I266

中国国家版本馆 CIP 数据核字（2023）第 180692 号

责任编辑：薛媛媛

出版发行：	中国文史出版社
社　　址：	北京市海淀区西八里庄路69号院　邮编：100142
电　　话：	010-81136606　81136602　81136603（发行部）
传　　真：	010-81136655
印　　装：	廊坊市海涛印刷有限公司
经　　销：	全国新华书店
开　　本：	880×1230　1/32
印　　张：	8.125　　字数：150千字
版　　次：	2025年5月第1版
印　　次：	2025年5月第1次印刷
定　　价：	59.80元

文史版图书，版权所有，侵权必究。

文史版图书，印装错误可与发行部联系退换。